마음으로
살아요
행복이옵니다

마음으로
살아요
행복이옵니다

오오하시 시즈코 지음

김훈아 옮김

리수

차례

3월

4월

5월

6월

7월

12월

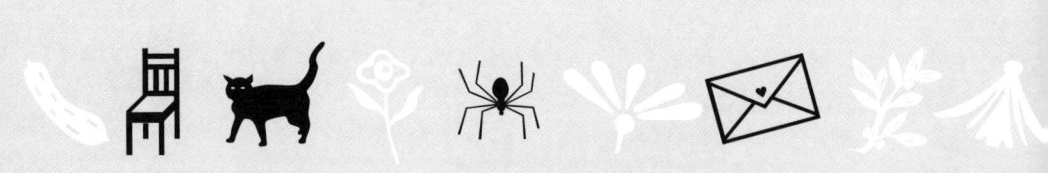

•••••••••••••••••••••••••••••1월

에메랄드그린

모임이 있었다. 아침부터 뭘 입고 갈까 고민이 되었다. 난방이 된다 해도 추울 테니 바지가 좋을까. 실내가 따뜻하다면 원피스가 좋겠지만 공교롭게도 구름이 낮게 드리운 추운 날이었다. 저녁 무렵에 시작하는 모임이라 결국 바지를 입고 가기로 했다.

바지 위에는 뭘 입을까? 블라우스만으로는 추울 것 같고 재킷을 입자니 오히려 촌스러울 것 같아 스웨터를 입기로 했다. 까만 V넥의 남자 스웨터. 남자 스웨터리 히리까지 덮는 데다 닉닉한 소매가 마치 블라우스 같다. 바지는 얇은 울의 실버그레이로 정했다. 스웨터를 입고 에메랄드그린의 태피터 스카프를 목에 두르고 은색 브로치로 고정한 다음, V넥으로 파인 가슴은 그대로 드러낸 채, 같은 색의 에메랄드그린 플라스틱 귀고리를 했다.

평소 에메랄드그린을 좋아하기에 같은 색의 멋진 클러치백도 가지고 있었다. 겨드랑이에 끼고 거울에 비춰보니 백의 그린도 중요한 역할을 해줄 것 같았다.

까만 머리카락에 까만 스웨터, 판탈롱은 무지에 가까운 그레이이고 구두도 그레이. 거기에 귀고리와 스카프 그리고 백의 에메랄드그린.

그날 모임은 아직 설 기분이 남아 있어 화려한 롱드레스나 기모노 차림을 한 사람이 많았다. 하지만 에메랄드그린 덕분인지 까만 스웨터 차림의 나도 좋은 점수를 얻을 수 있었다.

교차로의 미소

신호등은 파란 불이었다. 조금 망설였지만 서두르던 참이라 크게 한발을 내려놓는데 그만 신호가 바뀌고 말았다. 놀라 얼른 뒤로 물러났다. 그 교차로는 언제나 기다리던 차들이 곧바로 속력을 내는 곳이기 때문이다.

그런데 뒤로 물러서다 '쿵' 하고 누군가와 그만 부딪치고 말았다. 앞에 있는 차를 보느라 뒤쪽에 사람이 있다는 것을 몰랐던 것이다. 생각보다 몸에 힘이 많이 들어가 있었던 모양이다. 차도로 뛰어들려는 나를 보고 서두르면 건널 수 있겠다 싶어 역시 서두르던 사람 둘이 충돌한 것이다. 깜짝 놀라 뒤를 돌아보는데, 나를 기다리고 있는 풍경은 이것이었다.

미소.

뜻밖의 미소가 아이고 저런, 실수를 했네요, 하는 장난기 어리고 서로의 급한 성격을 어루만지는 듯한……

이윽고 신호가 바뀌자 나란히 서 있던 그 사람은 다시 한 번 미소를 보이며 경쾌한 발걸음으로 앞서 걸어갔다.

난 아직 멀었구나, 이럴 때 미소를 보일 수 있다니…….

멍하니 뒷모습을 바라보며 혼잣말을 하고 말았다. 그리고 왠지 산뜻한 마음이 들었다. 그 사람의 보라색 스카프가 지금도 눈에 선하다.

부엌 테이블

꼭 짠 행주로 테이블을 윤이 나게 닦은 다음, 풀을 세게 먹인 하얀 목면 테이블크로스를 깔고 그 위에 투명한 비닐을 덮었다. 그랬더니 갑자기 환해진 부엌. 하얀 테이블클로스 한 장이 부엌을 왠지 격식 있는 분위기로 바꾸어주었다.

하얀 테이블크로스 위에 사람 수에 맞게 젓가락받침을 놓는다. 도자기에 빨간 유약을 칠한 쪽빛 그림이 들어간 것, 칠보와 옻칠을 한 것 등 색과 모양이 다른 것을 놓았더니 그것만으로도 하얀 테이블이 화려해졌다. 한가운데 푸른색 야채 샐러드를 담은 커다란 볼, 그리고 각각의 접시에는 연어 데리야키 구이. 오늘은 하얀 도화지에 파스텔로 그림을 그리는 것처럼 식탁 차리는 일이 즐거웠다.

나는 식탁을 때로는 조리대로, 때로는 가사용 테이블로, 티 테이블 등 매우 편리하게 사용하고 있다.

이렇게 많은 일을 해준 식탁에게 조금 미안한 마음이 들어 뭔가 해주고 싶어서 하얀 테이블크로스를 깔게 되었다.

봄볕

햇살이 아까울 정도로 밝고 따뜻해, 살을 에는 듯한 겨울바람도 잠시 부는 것을 잊어버린 온화한 날이다. 일 년 내내 이렇게 좋은 날은 그리 많지 않을 것 같은 그런 날이다.

아침 청소와 빨래를 마치고 FM라디오의 볼륨을 낮추어 틀어놓았다. 부엌에도 햇살이 들어와 설거지를 끝낸 접시와 그릇들이 반짝인다. 레이스 커튼 너머로 날렵하게 지나간 건 작은 새 그림자, 물을 마시러 왔는지 참새들의 지저귀는 소리가 떠들썩하다.

창가에 앉아 눈을 감아본다. 그리고 문득 깨닫는다.

이미 많은 시간을 살아왔지만, 그럼에도 앞으로의 시간이 있다는 것을, 그것도 넓은 바다 같은……, 그런 생각이 들자 갑자기 가슴이 벅차왔다. 그 시간이 계속되는 한, 나는 아직 많은 것을 할 수가 있다. 공부를 할 수도 있다. 뭔가를 만드는 일을 할 수도 있다. 여행을 떠날 수도 있고, 사람들에게 친절을 베풀 수도, 스스로를 소중히 할 수도 있다.

그렇게 생각하니 문득 생기가 넘치는 것 같다. 여태껏 미래에 대해 아무런 생각도 않고 살아온 것 같았다. 젊었을 때는 미래, 장래 일을 생각하면 너무도 아득하게만 생각되어, 결국 그날 그날만을 생각하며 지냈다.

더 이상 젊지 않은 나이가 되어서야 비로소 미래를, 시간을 소중히 해야겠다는 마음이 절실히 든다. 남은 내 인생도 꼭 오늘만큼 따사롭고 여유롭기를.

B&B의 티코지

북쪽 지방에 갔다 런던으로 돌아오던 중이었다. 문득 대학도시로 알려진 옥스퍼드에 들르고 싶어졌다.

그날따라 정말 추웠다. 택시를 타고 운전수에게 아는 'B&B'가 있으면 데려가 달라고 부탁했다. 예전부터 영국에는 'B&B'라 부르는 민박집이 있다는 이야기를 들었다. 첫 B는 베드, 두 번째 B는 브렉퍼스트의 이니셜이다. 일반 가정집에서 여행객에게 가족들과 똑같은 잠자리와 아침식사를 제공하지만, 숙박비가 싼 곳이다.

오래된 도시에 어울리는 커다란 플라타너스 가로수는 이미 잎을 떨구었고, 까만 가지들은 마치 살아 있는 동물 같았다. 비에 젖어 더욱 차분하고 위엄 있어 보이는 고딕 양식의 집과 뾰족한 지붕.

이윽고 도로에서 조금 들어간 곳에서 택시가 섰다. 분명 'B&B'란 간판이 붙어 있었다.

안내를 받은 2층 방은 기분 좋게 덥혀져 있었다.

"마음에 드세요?"

안주인이 물었다. 방에는 창이 두 개 있고 새빨갛게 물든 담쟁이덩굴이 서로 얽혀 맞은편 창에 비쳤다. 조용한 주택가였다.

"화장실과 목욕탕은 복도 끝에 있어요. 이건 방 열쇠고 이건 현관 열쇠예요. 8시 이후는 현관문을 잠가두니까 열고 들어오세요. 아침식사는 7시 45분부터예요. 그보다 이른 시간에 아침식사를 하려면 종이에 적어서 현관 옆의 전화기가 놓인 테이블에 두세요."

아침 8시 조금 전에 부엌으로 내려가 보았다. 10명쯤 되는 사람들이 이미 식사를 하고 있었다. 3층집이란 건 알았지만 늦은 시간이라 이렇게 많은 사람이 묵고 있는 줄은 몰랐다. 모두 영국인 같았다.

"굿 모닝."

어제 만난 안주인이 물었다.

"커피로 할래요, 아니면 홍차? 계란은 베이컨 에그와 햄 에그, 스크램블……, 아니면 삶은 달걀과 소시지?"

영국산 베이컨이 맛있기로 유명하기 때문에 주저 않고 베이컨과 홍차를 부탁했다.

귀여운 티코지를 씌운 포트와 진한 우유가 듬뿍 든 그릇, 갓 구운 빵과 버터, 마멀레이드. 따뜻하게 데운 접시에 오글오글 구운 베이컨. 컵에 우유를 따르고 뜨거운 홍차를 듬뿍 부었다. 설탕을 넣지 않은 아침의 홍차는 정말 산뜻하다.

주위를 살펴보니 테이블마다 티코지가 보였다. 모두 두세 가지 색의 털실로 짠 것이다. 파랑과 흰색의 티코지가 있는가 하면, 오렌지와 그린, 그린과 로즈와 하양도 있어 마치 식탁에 꽃이 핀 것 같았다.

티코지가 너무 예뻐 그만 탐이 났다. 식사를 마치고 설거지를 시작한 안주인에게 이야기하자, "모두 이분이 뜬 거랍니다" 하고 말했다.

고개를 돌려보니 몸집이 작은 백발의 할머니였다. 근처에 사는 분인데 아침식사 때만 도와주러 오신다고 했다. 그분이 열어 보인 테이블에 딸린 서랍에는 차곡차곡 접힌 티코지가 열 개도 넘게 있었다.

"이걸 전부 직접 뜨신 거예요?"

아침 식탁에 들꽃처럼 피어 있는 티코지는 이분의 취향이었을까.

안주인이 "사고 싶다고 하네요." 하자, 그분은 "이 티코지는 집에서 만든 거예요." 하고 말했다. 안주인이 "원하신다면 드릴게요." 하며 새 것을 하나 꺼내주었다.

"파는 거라면 하나 구입하고 싶었을 뿐이에요. 직접 뜨신 소중한 걸……."

"괜찮아요, 받으세요." 곁에 있던 할머니도 말씀하셨다.

"그럼 제가 사는 걸로 하지요."

"그런 말씀 마시고 받아요."

결국 호의를 받아들이기로 했다.

"그럼 오늘 제 테이블에 놓였던 걸 부탁드려도 될까요? …… 소중히 간직할게요."

그후로 노랑과 그린, 로즈의 세 가지 털실로 짠 티코지를 사용하고 있다. 찻주전자 주둥이 주변은 홍차가 배어 있다.

B&B, 하룻밤과 아침식사뿐인 짧은 시간이었지만, 지금도 그 댁에 묵을 수 있어 정말 좋았다고 생각한다.

우정

작년 가을부터 위가 좋지 않아 식욕도 없고 약을 먹어도 좀처럼 좋아질 기색이 없었다. 그리고 점점 체중도 줄었고.

오늘은 좀 괜찮을까, 내일은 나을까 하며 시간에 의지하고 있었는데 여전히 변화가 없다. 불길한 예감이 들 때도 있었는데, 그런데도 끝내 정밀검사 받을 결심을 하지 못하고 있었다.

위 검사는 무척 고통스럽다는 이야기를 들은 데다, 검사결과가 나쁘면 어떡하나 하는 생각에 점점 더 겁이 났던 것이다.

그러던 어느 날 친한 친구한테서 전화가 왔다.

"위는 좀 어때? 실은 나도 요즘 위가 나쁜 것 같아 검사를 받으려고 하는데 같이 가지 않을래? 혼자보다 둘이 가면 서로 의지가 되잖아."

소중한 친구도 위 때문에 고생을 한다고 생각하니 갑자기 걱정이 되어, 싫다고 할 수 없었다. 빨리 같이 가줘야 한다는 생각에 바로 검사를 받았다. 이야기로만 듣던 것과는 달리 바륨을 마시는 것도 엑스레이를 찍는 것도 그리힘든 일은 아니었다.

이틀 후에 검사결과가 나왔다. 둘 다 아무런 문제가 없다고 한다.

"다행이다!"

친구도 무척 기뻐했다. 그러고는 안심이 되어서였을까, 위통이 사라지고 몸도 마음도 다시 기운을 찾을 수 있었다.

그러다 오늘 문득 깨달았다. 친구는 내가 검사를 받게 하려고 위가 아프다고 한 게 아닐까…… 하고. 그 친구는 나보다 훨씬 건강하고 일도 열심인 사람이다.

살면서 이렇게 마음이 따뜻해진 것은 처음이다. 아무런 이상도 없는데 함께 바륨을 마셔준 내 친구.

오렌지 껍질

한눈에도 맛있어 보이는 프랑스산 병절임을 받았다.

오렌지를 껍질째 통썰기 한 것이다. 한입 베어 먹으니 산뜻한 오렌지향이 입안 가득 퍼졌다. 껍질도 부드럽고 시럽은 달콤하면서도 오렌지 특유의 시고 쓴 맛이 남아 있어 정말 맛있었다. 먹은 뒤에도 한동안 오렌지향이 입에서 떠나지 않았다.

오렌지를 먹을 때마다 껍질이 아깝다고 생각했던 나는 맛있는 병절임을 받고 한번 만들어보려고 이런저런 시도를 해보았다. 그리고 드디어 그 맛을 재현할 수 있게 되었다.

오렌지 두 개를 깨끗이 씻어 넉넉히 끓인 뜨거운 물에 데친다. 오렌지가 물 위로 떠오르기 때문에 작은 접시나 뚜껑 같은 것으로 눌러 약 20분간 데친다. 그러면 향은 조금 날아가지만 껍질이 부드러워지고 쓴맛도 적당히 없어진다.

하지만 너무 오래 데치면 쓰고 신 오렌지 특유의 맛을 잃기 쉽기 때문에 오렌지를 살펴가며 데쳐야 한다.

데치는 동안 한쪽에서 시럽을 만든다. 작은 냄비에 그래뉴당 1컵 반과 물 1컵을 넣고 불에 녹인다. 일반 설탕보다 그래뉴당을 사용해야 투명한 시럽이 된다. 중불에 올려놓되 저으면 안 된다. 주걱 등으로 저으면 나중에 시럽이 하얗게 다시 설탕처럼 되버린다. 냄비 바닥에 작은 거품이 생기고 끓으면서 조금씩 투명해지면 불에서 내려 식힌다. 일반 설탕을 사용할 때는 양을 조금 늘린다.

오렌지를 물에서 건져내 식힌다. 잘 드는 칼로 단면이 깨끗하게 5~6밀리 두께로 썬다. 큰 오렌지라면 일고여덟 쪽, 작은 거라면 예닐곱 쪽이 된다. 오렌지를 주둥이가 넓은 병에 꽉 차게 담는다.

그 위에 식은 시럽을 붓고 뚜껑을 덮어 4~5일 냉장고에 넣어둔다. 오렌지가 시럽 밖으로 나오지 않도록 한다. 실험 삼아 네이블오렌지로 만들어보니 이것도 맛있었다.

흰 접시에 두 개 정도 올려놓고 시럽을 끼얹어 밀크나 레몬 등을 띄우지 않은 홍차를 곁들인다. 오후의 티타임으로 좋다.

감기 기운이 있는 날

"술에 설탕을 넣고 끓기 시작하면 불을 끄고 '나아라, 나아라, 짠!' 하고 주문을 외운 다음, 달걀 하나를 작은 거품이 일 정도로 잘 풀어서 넣는 거야."

4홉 들이 병을 안고 집으로 돌아오면서 방금 들은 방법을 되새겨보았다.

"그러고는 재빨리 저어. 뭉근한 게 약간 요구르트처럼 되는데 이게 진짜 달걀술이란 거지."

감기 기운이 있어 역 앞에 있는 술십에 들렀다.

"달걀술을 만들려고 하는데 어떤 술을 쓰는 게 좋을까요?" 하고 물었더니 덩치가 좋은 주인아저씨가 가르쳐준 것이다.

"1급하고 2급이 그다지 차이 나는 건 아니지만, 좋은 술이 당연히 맛있지. 큰맘 먹고 좋은 술을 사요. 내일 아침에 일어나면 감기 기운 같은 건 어디 가고 없을 테니."

어렸을 때 감기에 걸리면 어머니가 만들어주시던 달걀술도 이렇게 만든 것일까.

"불을 끈 다음에 나아라, 나아라, 짠! 숨을 한번 쉰 다음 잘 푼 달걀을 붓고 저을 것, 알코올 분을 날리지 말 것……."

다짐하듯 주인아저씨가 다시 한 번 말했다.

그대로 만들어보았다. 술을 반 컵, 설탕을 티스푼으로 하나 넣었다. 약간 쓴맛이 있었지만 뭉근한 것이 잘 만든 달걀술이 되었다. 설탕은 취향에 따라 조절하면 될 것 같다.

덕분에 잠을 푹 잘 수 있었다. 피곤한 날에 만들어 마셔도 꽤 효과적이다. 그 후로는 때때로 달걀술의 신세를 지고 있다.

커다란 테이블

젊은 친구가 결혼을 했다. 집에 놀러 오라는 초대를 받고 타마 강 근처에 있는 신혼집을 찾았다. 거실과 부엌, 방이 두 칸인 아파트였다.

다다미 6장보다 약간 넓은 거실과 4장 반 크기의 식당 겸 부엌이 붙어 있어 그것을 하나의 공간처럼 사용하고 있었다.

집에 들어서니 가장 먼저 눈에 뗜 것은 한눈에도 튼튼해 보이는 커다란 나무테이블이었다. 방 한가운데 떡하니 놓인 것이 당당해 보였다. 폭 1미터에 길이는 2미터 정도의 직사각형이고, 의자가 네 개.

의자에 앉으니 넓은 테이블이 앞에 있어 여유롭고 차분한 분위기였다. 집 전체의 크기와는 비교할 수 없을 정도의 느긋함과 대범함이 느껴졌다. 테이블 위 유리병에는 송이가 작은 빨간 장미꽃이, 그 곁에는 티포트와 설탕과 우유를 담은 그릇이 작은 쟁반에 놓여 있다. 그리고 읽다 만 책이 두 권. 가위, 연필, 메모지와 작은 자가 담긴 상자. 캔디 병과 쿠키 캔도 있다.

차를 마시며 이야기를 나누는 동안 집안을 둘러봐도 그 어떤 가구보다 테이블이 훌륭했다.

"근사한 테이블이네."

내가 칭찬하자 젊은 친구가 말했다.

"보통은 집이 좁으니 테이블도 작은 것을 놓는다 생각하지요. 하지만 전 집이 좁으니까 커다란 테이블이 필요하단 생각을 했어요. 여기서 뭐든 할 수 있는 테이블을 갖고 싶었어요. 그래서 다른 건 몰라도 테이블만은 크고 튼튼한 걸로, 평생 쓸 수 있는 걸 찾았어요.

역시 제 생각이 맞았어요. 지금 이 테이블이 우리 집의 중심이에요. 하루 세 번 하는 식사도 넓은 테이블에서 여유롭게 할 수 있고, 조리대로 사용하기도 하고, 신문을 펼쳐놓고 읽기도 하구요. 물론 다림질도 여기서 하고, 이렇게 손님 대접도 하는걸요.

턱을 괴고 생각할 일이 있을 때도 좋고, 책을 읽거나 뭔가를 쓸 때도 좋아요. 차를 마실 때는 테이블 반이면 충분해서, 다른 것들을 한쪽으로 치우지 않아도 되요. 대부분의 일을 하루 종일 테이블에서 끝내지요."

테이블과 같은 라이프스타일을 젊은 친구에게서 배웠다.

핸섬한 사람

그 사람은 정말 핸섬하다. 머리칼은 까맣고 키가 큰 데다 다리가 긴데 살도 찌지 않아 체격이 정말 멋있다. 갸름하게 생긴 얼굴에 목소리도 차분하고 게다가 꽤 멋쟁이다. 청바지도 잘 어울리지만 정장이나 예복차림도 훌륭하다.

저 사람이라면 연극무대에서 왕자 배역에 제격이겠다고 언젠가 친구에게 말했더니, 어머, 그 사람 벨기에 왕가 출신이야, 하고 가르쳐주었다.

내가 하고 싶은 이야기는 그가 왕자인지 아닌지가 아니다. 어째서 그가 그렇게 멋있어 보이는가 하는 것이다.

그것은 자세, 그리고 발뒤꿈치 때문이었다.

예를 들어 서서 이야기를 나눌 때, 대부분의 사람은 어느 한쪽 다리에 중심을 두고 서게 된다. 쉬어 자세이다. 한쪽 무릎을 조금 구부리고 뒤로 몸을 젖히는 사람도 있다. 이렇게 서 있으면 오른쪽 어깨와 왼쪽 어깨 높이가 약간 달라진다. 다리를 팔자로 벌리고 서 있는 사람도 있고, 배를 앞으로 내미는 경우도 흔히 볼 수 있다.

그런데 그 사람은 발꿈치를 가지런히 모으고 서 있다. 언제 보더라도 발뒤꿈치는 붙이고 앞을 벌린 차렷 자세이다. 그런데도 딱딱하거나 갑갑해 보이지가 않는다. 어렸을 때부터 어지간히 훈련이 되어 있어서 그러겠지 싶다. 그런 자세로 매우 자연스럽게 쉬기도 하고 즐겁게 이야기도 나눈다.

그런 자세가 가능할까, 나도 해보았다. 발뒤꿈치를 붙이면 저절로 발과 무릎 뒤가 펴진다. 그리고 배를 넣게 된다. 등이 펴지고 목도 똑바로 세우게 된다. 턱을 당기고 가슴을 편다. 등이 곧은 만큼 키도 커 보이는 것 같다.

차렷 자세로 우아하고 자연스럽게 상냥한 태도를 취하기란 여간 어려운 일이 아니다. 그렇지만 지금이라도 늦지 않았다고 스스로에게 다짐해본다.

따뜻한 애피타이저

쌓인 눈이 아직 남아 있고 차가운 밤하늘의 별이 더욱 아름다워 보이는 서녁이었다. 얼어붙을 것 같다란 말은 이런 밤에 쓰는 말일까. 장갑을 끼고 얼얼해진 귀를 감싸며 미끄러지지 않게 조심조심 걸었다. 친구 집에 저녁 초대를 받았기 때문이다.

"자자, 어서 들어와. 너무 춥지? 저런, 코트도 꽁꽁 얼었네."

테이블에 앉아 건네준 따뜻한 물수건에 안도의 숨을 내쉬는데 바로 1인용 작은 질그릇냄비를 내왔다.

"뜨거우니까 조심해."

뭐지…… 계란찜인가…… 하고 냅킨으로 살짝 뜨거운 뚜껑을 열어보니, 구수한 냄새가 코를 자극하고 새빨간 잔 새우가 폭폭 소리를 내고 있었다. 후후 불어가며 입에 넣으니 마늘 향과 새우의 감칠맛이 뭐라 표현하기 힘들 정도다. 테이블에 놓인 프랑스빵을 손으로 뜯어 조금 남은 국물까지 남김없이 찍어 먹었다.

따끈따끈한 새우 오르되브르. 정말 일품이었다. 우리 집에도 작은 질그릇 냄비가 있으니 만들어보고 싶어졌다.

"특별한 레시피랄 것도 없는걸."

친구가 가르쳐준 대로 메모를 해보았다.

새우는 참새우가 좋겠지만 나는 간단하게 비닐에 담아 파는 냉동새우를 사용한다. 껍질을 벗긴 새우는 큰 스푼으로 2~3개 정도가 1인분일까. 소금과 후춧가루, 그리고 일본술 혹은 포도주나 브랜디를 티스푼으로 한두 번 끼얹어 잘 섞어둔다.

질그릇냄비에 식용유 1티스푼을 넣고 불에 올린 다음 마늘 두 쪽을 얇게 저며 넣는다. 마늘색이 변할 때쯤 새우를 넣고 얼른 섞은 다음 뚜껑을 덮는다. 새우를 넣고 30초쯤 있다 불에서 내려 바로 식탁으로 가져간다. 냄비가 아직 뜨겁기 때문에 뚜껑을 열면 뜨거운 새우가 폭폭 하고 소리를 낸다. 기호에 따라 레몬즙이나 간장을 곁들여도 맛있다.

오징어를 얇게 썬 것이나 굴, 조개, 샹피뇽을 얇게 썰어 넣는 등 이런저런 방법으로 즐기는데, 냄비에 남은 국물이 맛있어 꼭 빵을 찍어서 남김없이 먹는다. 추운 겨울에 정말 반가운 음식이다.

런던의 봄

영문학자이며 수필가인 후쿠하라 린타로(1894~1981) 선생님 댁을 처음 방문했을 때이다. 도쿄 나가노에 댁이 있는데 낮은 언덕 위의 골목을 한참 들어간 곳이었다.

겨울이라 아직 7시 전이었는데도 길이 어두워 번지수를 찾는 데 시간이 걸렸다. 오가는 사람도 없고 대문도 모두 꼭꼭 잠겨 있었다. 문득 앞쪽에 전등이 켜 있고 문이 열려 있는 집이 있었다.

가까이 가니 문설주에 사람 그림자가 보였다. 후쿠히라 선생님이셨다.

"찾기 힘들었지요? 오실 시간이 된 것 같아서요." 하시며 날도 추운데 밖에서 맞아주셨다. 그 따뜻한 배려를 잊을 수가 없다.

그리고 한참 지난 어느 날, 다시 선생님을 찾아뵈었다. 어느새 봄에 얽힌 추억으로 이야기가 흘러갔다.

"역시 봄이 제일 좋아요. 내가 태어난 곳은 히로시마 현의 후쿠시마인데 세토나이카이에 면한 해안가였어요. 거기서 중학교까지 나왔지요. 봄이면 비가 보슬보슬 내리는데, 그게 마치 우유 같은 비였어요. 사실은 보통 비지만 방 안의 불빛 때문에 비가 우윳빛으로 보였던 거예요. 우윳빛 비가 내리면 봄이 왔구나, 하고 생각했지요."

"유학 갔던 영국의 봄은 정말 훌륭했어요. 영국의 봄은 크로커스 꽃부터 시작되요. 런던 한가운데 있는 하이드파크 공원에 크로커스가 많은데, 어느 날 석간에 '크로커스가 피었다'는 기사가 실린답니다. 그 다음에는 온갖 꽃의 계절이에요. 길가도 꽃향기가 가득해 마치 향수를 뿌린 누군가와 함께 걷는 기분이 되지요.

길 양쪽에 늘어선 집들의 울타리는 산사나무입니다. 가까이 가보면 가지에는 이제 막 새싹이 필 듯 말 듯, 그리고 머지않아 하얀 꽃을 피웁니다.

수선화가 피기 시작하는 건 5월입니다. 꽃과 함께 새들도 일제히 지저귀지요. 새소리에 눈을 뜬 아침도 몇 번이나 있었는지. 그런 영국의 새소리를 적은 시도 있어요."

선생님은 책장에서 초록색 가죽 커버의 작은 책 한 권을 꺼내 첫 페이지를 펼쳐 보여주셨다. 내시(Nash)가 지은 '봄의 노래'라는 시였다.

"읽어 드리지요."

선생님은 길게 숨을 들이마시고 천천히 번역을 하시면서 읽어주셨다.

봄이다, 달콤한 봄이다

세월의 유쾌한 왕이 오셨다

모든 것이 꽃을 피우고

처녀들이 노래한다

쿠쿠- 작작

피위-

트윗타 투

버들과 산사나무가 집들을 장식하고

양들이 뛰논다

양치기는 하루 종일 피리를 불고

새들이 이 봄날을

즐겁게 부르는 노래를 듣는다

쿠쿠- 작작

피위-

트윗타 투

들판엔 향기로운 꽃내음

데이지가 아가씨들 발에

입을 맞추고

젊은 연인들은 손을 잡고

노인들은 해바라기

골목마다

노랫소리 즐거워

쿠쿠- 작작

피위-

트윗타 투

선생님이 시를 읽어주시는 동안 마음이 행복해졌다.

"나처럼 오랫동안 병을 앓다보면 햇살이 그 빛을 더해 어느새 봄이 왔구나 싶으면, 또 한 겨울을 보냈다는 것이 기쁩니다. 나이가 들면 봄이 오는 것이 젊었을 때와는 달리 절절히 반갑습니다."

영문학자로 평생을 살아오신 선생님은 엄청난 양의 장서 속에서 지금도 모르는 것이 많다며 사전을 찾고 조사를 하신다. 봄에 대한 선생님의 감상을 들으며 나도 어느 때보다 봄이 기다려졌다.

커다란 눈

오래전 우연히 미국판 〈보그〉 잡지를 보다 《대지》의 작가 펄 벅 여사의 사진을 보게 되었다. 흑백사진이 페이지 전면에 생생하게 실려 있었다. 얼굴보다는 펄 벅의 아름다운 눈이 인상적이었다고 하는 것이 옳을 것 같다.

그 눈 때문에 얼굴 전체에 생기가 넘쳐 도저히 80을 넘긴 나이라고 생각되지 않았다. 어째서일까, 생각해봤다. 자세히 보면 얼굴 전체에 주름이 깊다. 그러나 사진을 처음 봤을 때는 주름이 전혀 눈에 들어오지 않았다.

아이라인이구나……, 한참 뒤에야 깨달았다. 펄 벅은 눈가에 또렷하고 두꺼운 아이라인을 그렸다. 그래서 눈이 더욱 강조되어 보이고 화려한 색채가 젊음을 느끼게 해, 처음 봤을 때는 주름을 알아차리지 못했던 것이다.

나이가 들면 주름에 눈가가 처져 눈이 작아 보인다. 그때 눈의 윤곽을 또렷하게 하면 얼굴 전체가 분명하고 젊어 보인다는 것을 깨달았다.

화장은 젊은 사람들이 하는 것이라 생각하기 쉽지만, 오히려 나이가 들수록 중요하다는 것을 알게 되었다. 물론 펄 벅과 같은 강한 아이라인이 내게도 어울릴 거라고는 생각지 않지만, 이제부터 조금이라도 주변에 '나이가 들었다'는 느낌을 주지 않도록 노력해야겠다는 생각이 들었다.

산뜻한 뒷맛

"잠깐 집으로 들를게."

그 사람은 대개 바쁜 투로 전화를 걸어올 때가 많다. 어느 때는 지금 홋카이도에서 막 돌아왔는데, 당신이 좋아하는 연어 알을 조금 샀다면서 시간이 없으니까 현관에서 건네주며 근황을 잠깐 이야기한다. 또 어떤 때는 일하다 들렀다면서 막 만든 콩자반을 한 병 가져다줄 때도 있다.

그 사람은 일이 너무도 많아서 우리 집 현관까지 오는 것이 얼마나 힘들지 상상이 되는데, 일 년에 몇 번은 마치 새처럼 홀쩍 나타났다가는 바로 사라진다.

잠깐밖에 얼굴을 보지 못하기 때문인지 내게는 언제나 그 짧은 만남의 여운으로 남는다. 나도 "그러지 말고 들어와" 하고 붙들거나 부탁한 적이 없다. 대신 여유롭게 감사의 편지를 쓴다.

현관문을 닫고 점점 멀어져가는 그 사람의 가벼운 발소리에, 신기하게도 나도 어느새 기운이 나곤 했다.

봄 지갑

'봄지갑' 이라는 말이 있다.

봄지갑이란 설을 지내고 봄이 되기 전에 다른 사람에게서 받는 지갑을 말하는데, 그런 지갑은 안이 텅텅 비는 일이 없다고 한다. 나에게 이 이야기를 들려준 사람은 돌아가신 숙모이다.

어느 해인가 연말쯤이었다. 지갑이 너무 낡아서 새로 사야겠다는 내게 숙모가 너무도 단호하게 사지 말라시는 것이었다. 그러고는 설이 지나면 꼭 좋은 지갑을 사주겠다고 하시며 '봄지갑' 의 유래에 대해 들려주셨다.

그때 숙모가 어떤 지갑을 사주셨는지 이제는 기억이 감감할 정도로 오래된 이야기지만, 쓰고 있는 지갑이 낡아 바꿔야겠다는 생각을 할 때마다 떠오르는 그리운 이야기이다.

필요에 의해 할 수 없이 스스로 사는 것과는 달리, 마음까지 넉넉하고 두툼해지기를 바라는 옛사람들의 이야기가 봄처럼 따뜻하다.

크루통

크림수프 위에 얹는 크루통. 그 구수한 맛이 수프의 맛을 더한다. 크루통이라는 어감이 귀여울 뿐 아니라 수프에 바삭한 맛을 더해주기 때문에 나는 무척 좋아한다. 그래서 남은 빵이 있을 때면 만들어 빈병에 넣어둔다.

홍차와 쿠키가 싫증이 날 때 크루통을 집어 먹기도 한다. 쌀과자와는 또 다른 가볍고 구수한 맛에 자꾸만 손이 간다.

식빵을 1㎝ 정도의 주사위 모양으로 썬다. 프라이팬에 식용유를 빵이 잠길 만큼 그러니까 1㎝보다 조금 넉넉히 따라 불에 올린 다음 뜨거워지면 버터를 한 큰술 넣는다. 빵을 넣고 프라이팬을 흔들면서 튀긴다고 할까, 굽는다고 할까. 갈색이 될 때까지 볶는다. 다 볶으면 깨끗한 종이 위에 건져내 여분의 기름을 빼낸다. 바싹 굽는 것이 맛있지만 너무 오래 구우면 쓴맛이 나므로 주의한다.

아는 요리사에게 크루통을 맛있게 먹는 방법을 물어 몇 가지 적어왔다.

♠ 흰 살 생선의 뫼니에르(meunie′re, 소금과 후춧가루를 뿌리고 밀가루를 입혀서 버터로 구운 생선요리) 위에 크루통을 솔솔 뿌리고 잘게 썬 레몬을 함께 얹어 먹는다.

♠ 포크소테를 만들었을 때도 같은 방법으로 사용한다.

♠ 햄버거 위에 뿌리기도 하고 오믈렛 안에 넣기도 한다.

또 크루통을 만들 때 기름에 다진 마늘을 조금 넣으면 맛있는 마늘향의 크루통이 되는데 야채샐러드에 뿌리면 샐러드 맛이 더욱 깊어진다고 한다.

그리고 하나 더 스파게티를 만들 때 사용할 수도 있다.

베이컨을 잘게 썰어 뜨거운 물에 살짝 데친 다음, 버터를 듬뿍 넣고 볶다면을 넣고 볶는다. 마지막에 마늘크루통을 넣어 섞은 다음 접시에 담아 다진 파슬리를 위에 뿌린다.

마늘크루통은 나도 아직 만들어보지 못했지만 말만 들어도 맛있을 것 같다.

재채기

북쪽에서 불어오는 바람이 차가운 저녁 무렵이었다. 코드 깃을 세우고 저녁 식탁엔 뭘 올릴까 이런저런 궁리를 하며 야채가 들어 있어 무거운 장바구니를 들고 발걸음을 재촉했다. 정면에서 불어오는 차가운 바람에 그만 '에취!' 하고 크게 재채기를 하고 말았다. 스스로 깜짝 놀라면서도 연이어 에취, 에취 하고 기침이 났다. 감기 걸리면 곤란한데, 하는 생각을 하고 있는데

"감기 걸리지 않게 조심하세요."

뜻밖의 소리가 들렸다. 어머, 하고 놀라 뒤를 돌아보니 중년의 남자 분이었다. 순간 아무런 말도 못하고 인사를 꾸벅 했는데, 따뜻한 말 한마디에 마음까지 따뜻해졌는지 재채기도 더 이상 나지 않았다.

"다녀왔습니다."

여느 때보다 밝고 씩씩한 목소리로 현관 문을 열고 들어왔다.

시크라멘

일요일 오후였다. 슈퍼마켓 입구 양쪽에 시크라멘 화분이 줄지어 있었다. 평소에는 귤, 사과, 감자 등을 싸게 파는 특별매장인데 갑자기 너무도 화사해져서 놀랐다. 빨강, 연분홍, 진분홍, 하양과 빨강과 흰색이 섞인 깃 등 모양과 색이 다양했다.

그런데 문득 꽃들이 너무 생기가 없다는 생각이 들었다. 그중에서도 꽃잎이 커다란 흰색 시크라멘은 금방이라도 쓰러질 것처럼 맥이 빠져 있었다. 자세히 보니 여기저기 생기를 잃은 화분이 섞여 있었다.

물을 안 주었나, 하고 화분의 흙을 만져보았다. 역시 흙이 말라 있었다. 이 정도라면 1주일 정도 물을 먹지 못했을지도 모른다. 있던 장소와 보살피던 사람도 바뀐 시크라멘이 지금 얼마나 목말라할까······.

마음이 아팠다. 안으로 들어가 계산대 쪽으로 갔다. 오후의 한가한 시간대라 다행히 손님이 많지 않아 젊은 점원이 손을 쉬고 있었다.

"저······." 하고 점원에게 다가가 이야기를 했다.

"금방 물을 줄게요."

하고 기분 좋은 대답이 돌아왔다. 하지만 업무 중인 데다 저렇게 많은 화분에 금방 물을 줄 수 있을까 하는 불안한 마음도 있었다. 장을 보고 계산대로 돌아온 나는 내가 알고 있는 대로 물 주는 법을 짧게 설명했다.

"시크라멘은 생각보다 깊숙이 뿌리를 내려 화분 안에 달라붙듯이 퍼져 있어요. 그러니까 가능하면 1주일에 한 번 정도 화분째 너무 차갑지 않은 물에 20분 정도 담가두는데, 흙 위에는 물이 오지 않게 조심해서, 화분 밖에서 듬뿍 물을 빨아들이게 하는 게 좋아요.

그렇지만 이렇게 화분이 많으니 무리겠죠. 그러니까 잎을 적시지 않도록 손으로 가볍게 올린 다음 화분 가장자리부터 물을 주면 될 것 같아요. 대는 썩기 쉬우니 구근에서 대가 많이 나와 있는 곳에는 물을 주지 마세요."

이야기를 하면서도 내가 얼마나 나서기를 좋아하고 말이 많은 사람인가 하는 생각이 들었지만 시들어가는 시크라멘이 가엾어서 나도 모르게 열심히 이야기를 하고 있었다.

이삼일 뒤에 다시 그 슈퍼마켓 앞을 지나갔다. 시크라멘 화분은 이미 반 정도로 줄었지만 모두 싱싱하고 생기 있어 보였다. 그중에서도 가장 시들어 있던 흰색 시크라멘은 꽃잎을 예쁘게 피워, 마치 흰 나비가 한데 모여 있는 것 같았다.

금색과 은색 ⟩⟩⟩⟩⟩⟩⟩

옷 단추의 가장자리는 금색에 벨트 버클은 은색, 핸드백 단추는 금색, 시계는 은색…….

금색이나 은색으로 통일을 하고 싶어도 여간 어려운 일이 아니어서, 그런 날은 왠지 마음이 차분해지질 않는다랄까, 여간 신경 쓰이는 게 아니다.

얼마 전에 긴자에 갔다 문득 눈에 띄는 목걸이가 있었다. 줄은 가는 금으로 되어 있고 금과 은을 같은 분량으로 섞은 기하학적 문양으로 세공된 펜던트가 달려 있었다. 금과 은이 시로 경쟁하지 않고 소화를 이룬 느낌이었다. 그리 비싸지도 않았기 때문에 바로 구입해버렸다.

또 얼마 전 백화점에서 같은 디자인의 금색과 은색 목걸이를 발견했다. 아무 장식이 없는 줄이라 그것도 하나씩 구입했다.

금색과 은색의 균형이 좋지 않을 때 나는 이 펜던트나 금색과 은색 목걸이를 이중으로 한다. 그러면 통일감이 없어 어색하던 옷매무새가 금세 멋진 균형을 이룬다. 이럴 때는 나도 모르게 '금과 은' 이란 왈츠를 콧노래로 흥얼거리게 된다.

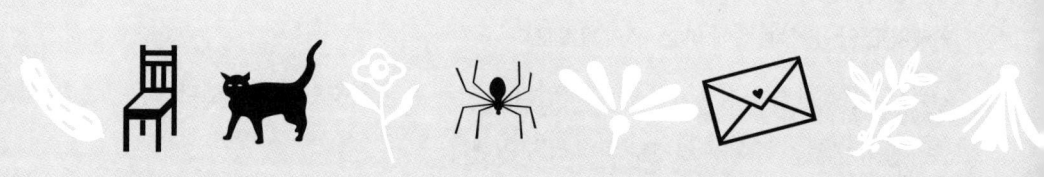

•••••••••••••••••••••••••••••••••••••2월

봄의 여신

"봄의 여신이 오는 걸 본 적이 있습니까?"

감기 때문에 찾은 병원의 의사선생님이 말씀하셨다. 뜻밖의 분이 생각지도 못한 말씀을 하셔서 놀란 나는 그저 고개를 저었다.

"난 본 적이 있어요……."

못 믿겠다는 나의 얼굴을 보고 의사선생님은 부드러운 미소를 지으며 말씀하셨다.

"젊었을 때 니가타 현 중에서도 가장 눈이 많이 내리는 마을 진료소에서 한동안 지낸 적이 있어요. 일 년의 반은 눈 속에서 지내기 때문에 특히나 봄이 더 기다려지는 곳이에요.

음력설과 절분(입춘 전날)이 지난 3~4월이면 각지에서 꽃소식이 전해와 이제 한 달 정도만 참으면 되겠구나, 하지요. 도쿄라면 곧 신록의 계절을 맞을 즈음이에요.

'흙이 보인다!'

아이들이 큰소리를 지르며 마을을 뛰어다녀요. 그 소리를 들으면 마을사람 모두가 일손을 멈추고 아이들 뒤를 따라 뛰어간답니다. 나도 서둘러 청진기를 벗어놓고, 환자와 간호사들도 장화를 신고 서둘러 밖으로 뛰어나가요.

흙이 보인다는 건 마을 어귀를 흐르는 작은 강가의 볕이 잘 드는 풀섶에 쌓였던 눈이 녹아 조금씩 덩어리째 풍덩, 풍덩 하고 강물 속으로 사라지면서 꼭 여자 발자국 정도만한 까만 흙이 드러나는 걸 말합니다……

마을 사람들은 어른, 아이는 말할 것도 없고 강아지들까지 살짝 드러난 그 흙을 바라보면서 아무 말 없이 서 있었습니다."

그 까만 흙은 갈 길을 서두르는 봄의 여신이 강가에서 잠시 머물렀을 때 남긴 작은 한쪽 발자국이었던 것이다.

자기 목소리

꽤 오래전 일이지만 처음으로 녹음된 내 목소리를 듣고 놀랐던 기억은 지금도 생생하다. 목이 쉰 것 같은 정말 듣기 싫은 목소리였다. 말투도 제멋대로인 데다 상대방에 대한 배려도 전혀 없었다. 늘 이런 식으로 사람들과 이야기를 해왔나 생각하니 너무도 부끄러웠다.

이야기를 한다는 것은 편지 등의 글을 쓰는 것과는 달리 그 자리 그 순간에 사라지는 것이라 늘 소홀히 하고 용건만 해결되면 된다고 생각했었다. 하지만 목소리도 상대방의 마음속에 언제까지고 남는다는 걸 녹음된 내 목소리를 듣고 뒤늦게 깨달았다. 그렇게 메마른 목소리라면 어지간히 정중하고 친절하게 이야기하지 않으면 마음을 전혀 전할 수 없다는 것을 알았다. 조금이라도 난폭하게 이야기하면 상대방의 귀에 가시처럼 꽂힐 것만 같았다.

그 후로는 평소에 이야기할 때나 전화를 할 때, 목소리를 가다듬고 정중하게 이야기하도록 주의를 기울이고 있다. 목소리가 좋은 사람이라면 이런 걱정은 필요 없을지도 모른다.

세 가지 토스트

홍차를 준비해 여유롭게 오후의 티타임을 가질 때면 한입에 먹을 수 있는 근사한 토스트를 마련한다. 바로 시나몬 · 갈릭 · 커피 토스트이다.

시나몬토스트는 계피향이 근사하고 달콤한 데다가 먹을 때 느껴지는 버터 맛이 세법 괜찮다. 갈릭토스트는 마늘의 맛과 향 그리고 버터 맛이 마치 센베 과자 같다. 커피토스트는 커피향과 약간의 쓴맛이 절묘한 조화를 이루고 버 터의 짠맛과 적당한 단맛은 어른들을 위한 맛이라고 할까. 모두 버터의 짠맛 이 끝 맛을 맛있게 결정짓는다.

나는 커피와 갈릭, 혹은 시나몬과 갈릭처럼 단맛과 짠맛을 즐길 수 있도록 늘 두 가지를 함께 내놓는다.

얇게 썬 샌드위치용 식빵이 적당하다. 그것도 갓 구워 부드러운 것보다 2 ~3일 지나 조금 딱딱해진 것이 더 바싹하게 구울 수 있다.

우선 빵을 노릇노릇하게 구워 가장자리를 잘라낸다. 커피토스트는 인스턴 트커피 1티스푼과 설탕 2티스푼을 숟가락으로 눌러가며 곱게 섞는다. 이것은 식빵 두 장의 양이다. 빵이 뜨거울 때 버터를 듬뿍 발라 버터가 빵에 스며들

때쯤 준비한 커피와 설탕을 고운 체 등을 사용하여 빵 위에 뿌린다. 그리고 다시 오븐이나 토스터에 넣어 굽는다. 설탕이 녹아 빵에 스며들면 완성이다. 먹기 좋게 4등분으로 작게 자른다.

시나몬토스트도 커피토스트처럼 만들면 된다. 얇게 썬 식빵을 노릇노릇하게 구워 가장자리를 잘라내고 버터를 듬뿍 바른다. 계핏가루 1티스푼과 설탕 2티스푼을 잘 섞어 커피토스트처럼 식빵 전체에 뿌린다. 다시 오븐에 넣고 설탕이 녹아 빵에 스며들면 꺼내어 네 조각으로 나눈다.

갈릭토스트도 대충 비슷하다. 역시 처음에는 빵을 노릇하게 굽는다. 그러는 동안 마늘 한 쪽을 까서 뜨거운 프라이팬에 굴리면서 가장자리가 약간 노르스름해질 때까지 굽는다. 이렇게 구워서 사용하면 마늘향이 더욱 향긋해진다. 구운 빵의 가장자리를 잘라내고 마늘 끝을 3분의 1 정도를 잘라 거기서 나오는 마늘 즙을 빵에 바른다. 반쯤 사용하면 즙이 나오지 않기 때문에 2~3밀리 잘라 새로운 단면으로 다시 바른다. 마늘 한 쪽으로 식빵 두 장을 바를 수 있다. 마늘 즙을 바른 다음 버터를 듬뿍 발라 오븐에 굽는다.

마드리드 호텔

마드리드에 있는 호텔이었다.

차가운 거리를 돌아다니다 저녁 무렵 호텔에 돌아와 엘리베이터를 타려는

순간 서둘러 엘리베이터 쪽으로 오는 중년 부부가 있기에 닫히려는 문을 잡고 기다렸다.

"고맙습니다."

"천만에요."

부드럽고 따뜻한 분위기를 태우고 엘리베이터는 내가 내릴 층에 도착했다. "편히 쉬세요" 하는 인사를 나누고 내리면서 문득 표지판을 보게 되었다. 당연히 위로 올라갈 거라 생각했던 엘리베이터가 내려가는 것이었다. 보고 있으니 3층 내려간 층에서 멈췄다. 함께 탄 부부의 방이 그 층에 있었던 것이다.

그런네 어째서…….

그제야 알았다. 로비에서 엘리베이터에 올라탈 때 문을 열고 기다려준 나를 먼저 내리게 하셨던 것이다.

생 토노레의 점심

한낮의 카페였다. 중절모를 쓰고 낙타털로 된 넉넉한 코트 차림을 한 초로의 신사가 들어왔다. 카페 안은 북적거렸다.

'커피와 티'라는 심플한 간판을 내건 이곳은 나무 테이블이 열 개 정도 놓여 있어 바짝 달라붙어 앉아야 했다. 내게는 '맛있는 커피와 맛있는 티, 그리고 맛있는 과자'를 제공하는 카페여서 이곳을 오면 늘 들르지만, 이런 시간대는 처음이었다.

그 사람은 모자를 손에 들고 잠시 기다리다 자리가 나자 진한 갈색 모자와 코트를 벽에 걸고 테이블에 앉았다. 영국분이실까, 줄무늬 양복에 역시 가는 사선 줄무늬의 넥타이를 말끔하고 조금은 고풍스럽게 맸다.

내 테이블에도 카페오레와 애플타르트가 나왔다. 따뜻한 커피가 담긴 커다란 컵을 감쌌을 때 문득 깨달았다. 카페 안에 있는 손님은 대부분 여자였다. 그것도 50 전후로 보이는 사람들이 모두 혼자 앉아 있었다. 손님으로 꽉 찬 카페지만 어딘지 편안해 보이기도 하다. 화려하지는 않지만 억지스러운 모습도 없다.

여기는 생토노레이다. 에르메스나 랑방 그리고 세계적으로 유명한 보석과 향수 구두숍 등이 늘어서 있는 파리의 대표적인 거리이다. 점심시간에는 가게 문을 닫는 부티크도 많으니 어쩌면 거기서 일하는 분들일까.

조금 전에 들어온 노신사 앞에도 식사가 나왔다. 접시가 전부 놓였을 때 나는 그만 컵을 내려놓고 말았다.

동그란 접시에 담긴 둥근 햄 한 장과 가장자리에 놓인 버터 한 조각.

프랑스빵이 두 조각.

유리로 된 볼에 가득 담긴 야채샐러드.

와인 글라스에 가득 담긴 빨간 포도주.

얼마나 차고 넘치는 것 없는 화려한 식탁인가. 자세가 곧은 노신사가 햄을 나이프로 천천히 썰어 입으로 가져간다. 와인이 조금씩 줄고……. 접시에 담긴 햄을 다 먹고 볼에 담긴 샐러드를 흰 접시에 덜어낸다……

그 신사분의 옆 테이블에서는 마담이 돌아갈 준비를 한다. 거스름돈이 나왔다. 똑딱 하며 핸드백 닫는 소리가 나고 코트를 입으려고 한쪽 팔을 꼈다. 다른 쪽을 끼려고 팔을 뒤로해 코트를 찾는데…… 그때였다.

신사분이 오른손을 살짝 앞으로 내밀어 코트를 잡아주었다. 손이 어떻게 코트에 닿았는지도 보지 못할 만큼 한순간이었다.

"메르씨" 하고 마담이 인사를 했다.

신사분은 다시 글라스의 포도주를 비웠다. 그리고 포크를 들어 다시 샐러드를 먹었다.

"커피 한잔 더 주세요."

카운터를 향해 내가 말했다.

 ## 무릎을 펴다

오랜만에 친구 어머님을 뵈었다. 오랜만에 뵈어도 변함없는 모습에 내 눈은 동그래졌다. 예전부터 곧은 자세에 흐트러짐이 없는 데다 활기도 넘치는 분이셨지만, 그때도 흰색과 감색 체크 투피스에 목에는 와인색 스카프를 메신 모습이 어쩌나 경쾌한지, 일흔두셋인 연세는 아무리 봐도 50대로밖에 보이지 않았다.

"무슨 운동이라도 하세요?"

하고 여쭤보았다.

"비밀인데 알려줄까? 사실 아무것도 아니야. 서 있을 때나 걸을 때 무릎 뒤를 쭉 펴도록 주의하는 거지. 그러기 위해선 계단을 오를 때 뒤꿈치를 대지 않고 오르는 게 제일 좋아. 저기 계단이 있으니 한번 해봐.

어때? 발뒤꿈치를 닿지 않게 하려면 무릎 뒤를 쭉 펴고 배도 집어넣게 되니 자연스럽게 자세가 좋아지지? 다리도 튼튼해지고. 집 계단을 오를 때도 육교나 전철역을 이용할 때도 이젠 습관이 돼서 의식하지 않아도 저절로 뒤꿈치를 대지 않고 오른단다." 말씀을 들을 날부터 실행에 옮기고 있는데 운동이나 체조보다 오래 지속할 수 있을 것 같다.

집안일이 귀찮아질 때

저녁에 설거지나 집안일을 하려면 때로는 귀찮아질 때가 있다. 그럴 때면 어머니가 자주 하시던 러시아의 옛날이야기가 떠오른다.

"어느 집에나 두모이란 이름의 요괴가 살고 있단다. 두모이를 본 사람은 아무도 없어. 코끼리처럼 크다는 사람도 있고 개미보다 작다는 사람도 있지만, 눈에 보이지 않기 때문에 얼마나 큰지는 알 수가 없지. 사람들은 두모이가 심술궂은 짓을 하기 때문에 처음에는 싫어했단다. 그런데 두모이가 나쁜 짓을 하는 것은 두모이가 싫어하는 것을 사람들이 하기 때문이야.

두모이는 그 집을 지키는 수호신이라고 하는 노인도 많단다. 두모이는 자기가 사는 집을 무척 좋아하는데, 특히 열심히 집안일을 하는 주부들을 좋아해. 깔끔하게 정리된 찬장이나 옷장 속, 윤이 나게 닦은 바닥과 목욕탕, 두모이는 그런 깨끗한 곳에는 절대로 나쁜 짓을 하지 않고 도둑이나 화재 같은 재난으로부터 집안을 지켜준단다.

하지만 반대로 저녁까지 집안을 어질러놓는 게으른 주부라면 쌓아둔 접시나 그릇을 깨기도 하고 지저분한 걸레에는 하룻밤 사이에 곰팡이를 피우며, 선반에 구역질이 날 것 같은 냄새를 피우고 지저분한 목욕탕 비딕에 미끄러지게 만드는 거야.

집안을 그렇게 칠칠치 못하게 하면 가족들이 병에 걸리거나 좋지 않은 일이 많이 생기는 법이야. 그러니까 하루 일을 깨끗하게 마치고 잠자리에 들면 아침에 기분 좋게 일어날 수 있고……그렇게 되면 두모이도 기분이 좋아지지. 즐겁게 생활하기 위해서는 우선 집안이 정리 정돈되어야 한단다."

하지만 나는 그렇게 하지 못할 때가 많다. 그래서 밀린 집안일을 다음 날로 미룰 때면 마음속으로 두모이에게 "내일은 꼭 깨끗하게 할게요" 하고 약속한다.

게으름을 피울 때면 어디선가 두모이 이야기를 하시는 어머니의 목소리가 들리는 것 같다.

# 아름다운 아침

여느 때처럼 자동차들이 꽉 들어찬 도로에 차가운 바람이 먼지를 일으키며 지나간다. 한참을 기다리던 버스에 겨우 올라타 자리를 잡고 따뜻한 차내 공기에 겨우 한숨 돌릴 무렵 버스가 다음 정거장에 멈췄다.

"좀 더 앞으로, 조금 더 앞이에요."

운전수가 몸을 앞으로 내밀고 백미러를 들여다보며 창밖으로 소리쳤다. 무슨 일일까 싶어 다른 승객들도 일제히 입구를 바라보았다. 이윽고 까만 코트 차림의 중년 남자분이 조용히 버스를 탔다. 손에 쥔 지팡이를 보고 눈이 보이지 않는 분이란 걸 바로 알 수 있었다. 버스가 다시 정체 중인 도로를 천천히 달렸다.

아오야마에 있는 하얀 고층빌딩 앞 정거장에서 그분이 내렸다. 나는 괜찮을까 걱정이 되어 자리에서 반쯤 일어나 그 뒷모습을 바라보았다. 자동차 왕래가 무척 많은 곳이기 때문이다.

다음 순간 뜻밖의 광경을 목격했다. 두 남자가 팔짱을 끼고 천천히 함께 걸어가는 것이었다. 한 사람은 방금 내린 까만 코트에 지팡이를 짚은 분. 또 한 사람은 하얀 코트의 몸집이 큰 사람.

친절하게 도움을 주시는 분이 마침 정거장 가까이에 있었던 것이다. 다행이라고 생각하고 있는데 문득 하얀 코트를 입은 사람 역시 다리가 불편해 지팡이를 짚고 있다는 것을 알았다.

싹이 트기 시작한 플라타너스 가지가 바람에 떨고, 도로변 화단의 잎들이 바람에 뒤집히는 꽃샘추위 속을 두 사람이 천천히 걸어갔다.

덜컹 하고 다시 버스가 움직이기 시작했다. 신호가 바뀐 것이다. 내 눈에서 두 사람의 모습도 사라졌다.

수선화

 오랜만에 손님을 부르게 되어 집안 청소를 마치고 차를 준비하면서, 집안에 꽃이 없다는 것을 알았다. 마당 한쪽에 피어 있는 홑꽃잎 수선화를 두 송이 꺾어 유약을 바르지 않은 화병에 꽂아 창호문 앞에 놓았다.

두 송이의 수선화가 불러온 것은 작은 봄이다. 그날부터 언제까지 수선화가 피어 있는지 매일 살펴보기로 했다. 꽃집에서 산 수선화는 길면 4~5일, 짧으면 3일 만에 시들고 마는데 마당 한편에 피었던 수선화는 어떨지 궁금했던 것이다.

한 대에 두 송이 또 한 대에 한 송이가 피어 있었다. 그리고 봉오리가 몇 개씩 달려 있었다. 그 봉오리가 전부 필까 흥미롭기도 했다. 분주하고 바쁘다는 이유로 수선화를 제대로 관찰하지 못한 날도 며칠씩 있었다. 열흘쯤 지났을까. 꽃이 다섯 송이로 늘어나 있었다. 화병 속에서 씩씩하게 자라고 있다는 증거이다. 파란 이파리도 윤기가 나는 것이 전혀 시들지 않았다.

저녁에 불을 끄면 어둠 속에서 하얀 꽃 그림자가 흔들린다. 그리고 다시 열흘이 지났다. 처음에 피었던 꽃은 시들었지만 봉오리 세 개가 다시 꽃을 피웠다. 파란 잎이 조금 노래진 것은 수선화가 기운을 잃어가고 있다는 것이겠지.

다시 열흘이 지나, 그러니까 화단에서 꺾은 지 한 달 뒤에는 두 대에 꽃이 모두 열 송이가 피었다. 봉오리는 이제 하나도 없다.

모든 꽃을 피우고 이제 제 목숨을 다하려는 수선화. 꽃병에 옮겨와서도 끝까지 봉오리를 피운 수선화의 강인한 생명력에 그만 눈물이 났다.

북경에서

20여 명이 그룹을 만들어 북경에 가게 되었다. 공항에 내렸을 때엔 이미 해가 진 다음이었다. 시내까지는 40여 분 걸린다는 이야기를 듣고 올라탄 소형 버스가 일직선으로 난 도로를 달렸다. 도로 양편에는 키가 큰 가로수가 촘촘히 늘어서 있었다.

이윽고 버스가 전문반점(前門飯店) 앞에 멈췄다. 벽돌건물의 오래된 이 호텔에 묵으며 일주일 동안 북경의 이곳저곳을 돌아볼 예정이다. 호텔에는 중국요리와 서양요리 두 곳의 레스토랑이 있었다. 우리는 매일 중국식당에서 식사를 했는데, 하루는 양식으로 아침을 먹기로 했다. 메뉴는 요구르트와 비슷한 시큼한 우유, 토스트와 오믈렛, 커피였다. 오믈렛을 반쯤 먹고 문득 고개를 들어보니 맞은편에 앉아 있던 연배의 남자분 앞에 젊은 여종업원이 토스트 접시 옆에 굽지 않은 빵을 담은 접시를 하나 더 놓는 것이었다. 그분이 어리둥절한 얼굴로 종업원을 바라보았다. 종업원은 생글생글 웃고 있다. 그리고 자기 입가를 손가락으로 가리키면서 뭔가 열심히 설명을 했다.

같은 테이블에 앉아 있던 사람 중 한명이 종업원의 설명 중에 '야치'란 단어를 알아들었다. 야치는 치아라는 뜻이다. 그 말을 토대로 해석해보면, "손님은 이가 나쁘시군요. 토스트는 딱딱해서 드시기 힘들지 않나요? 굽지 않은 빵이 더 부드러워 가지고 왔어요. 이쪽을 드시는 건 어떠세요?" 하는 것 같다.

연배인 분은 "셰셰, 셰셰"라며 몇 번이고 감사하단 말을 하였고, 가지고 온 빵 한쪽은 들고, 나머지는 테이블에 있는 사람들에게 나눠주셨다. 이가 나쁘지 않은 사람들도 조금씩 나눠 먹었다. 통밀이 조금 들어간 부드러운 식빵이었다.

덕분에 그날 아침은 모두가 기분 좋게 보낼 수 있었다. 다시 북경에 가게 되면 또 이 호텔에 묵고 싶다.

전나무

이제 곧 봄이지만 크리스마스트리 이야기를 해야겠다.

작년 크리스마스 무렵에 전나무를 사러 갔다. 다행히 아파트에서 그리 멀지 않은 곳에 파리에서 유명한 꽃시장이 있었다. 이 시기가 되면 크고 작은 전나무가 가게 앞뿐 아니라 센 강의 다리 위까지 넘쳐난다.

뿌리가 있는 것도 있고 눈 같은 것을 뿌린 화이트 크리스마스 같은 나무도 있다. 사람 키를 훌쩍 넘는 큰 것부터 아직 어린 나무들까지 다양한 나무가 있어 아이를 동반한 젊은 부부들이 가지를 보면서 고르고 있다. 나는 내 키보다 10㎝ 정도 큰 전나무를 골랐다. 크리스마스 그림에 자주 등장하는 밑으로 갈수록 퍼지는 근사한 나무였다.

"이렇게 많은 나무를 어디서 베어 오는 거죠?"

꽃집 아저씨에게 물어보았다. 내가 산 나무 밑에 십자로 널빤지를 끼워주던 아저씨가 나를 올려다보며 말했다.

"글쎄, 불로뉴 숲이 아닐까?"

농담을 하고는 훨씬 남쪽에 있는 중부지방의 산에서 벌채한 것이라고 했다. 내 눈에는 스키광고에서 자주 보는 리프트 저편의 눈에 덮인 하얀 숲 풍경이 떠올랐다.

"고맙습니다" 하고 양팔에 받아 안은 것까지는 좋았는데, 얼마 못 가 땅에 끌며 가지 않을 수 없을 정도로 무거웠다. 휴우, 하고 숨을 몰아쉬며 다리를 건너던 때이다.

"들어드릴까요?"

하는 소리와 함께 끌고 있던 나무가 가벼워졌다.

"메르씨."

하고 뒤를 돌아보니 한 젊은이가 한쪽 손으로 그 무거운 나무를 가볍게 들어 올려주었던 것이다.

"도와주서서 감사해요."

"이쪽 방향이세요?"

"네, 이제 조금만 더 가면 되요."

나란히 강가를 걸으면서 청년이 말했다.

"흠, 뿌리라도 있는 나무였으면 좋았을걸."

나는 청년을 찬찬히 바라보았다. 느긋한 말투의 청년이다. 그러면서도 이
쪽이 꼼짝 못할 말을 하는 것이다.

"나중에 심어주면 되니까요."

"우리 집엔 마당이 없어서……."

"지금까지는 그렇게 해도 괜찮았지만……."

"…… 학생이에요?"

"아니요, 지하철에 광고지를 붙이는 일을 해요."

"일하러 가나요?"

"아니요, 끝내고 오는 길이에요. 승객이 없는 아침 5시부터 일을 하기 때문
에 이제부터 아침을 먹어야 해요."

마침 집 앞에 도착했다. 샌드위치라도 먹고 갈래요, 하고 싶은 마음을 꾹
누르고 말했다.

"고마워요, 다 왔어요. 덕분에 무사히 도착했네요."

"안녕히 계세요, 마담."

하루 일을 끝낸 청년은 신선한 뒷모습을 보이고 사라졌다.

크리스마스가 되었다.

이웃집 창가에는 화분에 심어진 전나무가 장식되어 있는 것을 처음 알았다. 해가 바뀌고 쓰레기처리장에 버려질 크리스마스트리들로 도로가 무참해 보인 것도 처음이었다.

집에는 작년 크리스마스 때 장식한 나무가 아직 그대로 서 있다. 잘린 순간부터 죽기는 했으나 짧은 솔 같은 나뭇잎이 떨어지기 시작한 것은 2월이 되고 나서이고, 진한 녹색이 점점 말라 이젠 조금 건드려도 잎이 덩어리째 떨어지게 되었다.

그리고 어제 도끼로 전나무 가지를 뚝뚝 잘라서 모두 난로에 넣고 태웠다. 파닥파닥 하는 소리를 내며 빨간 불꽃이 피어올랐다.

그날 그 청년을 만났기 때문일 것이다. 마음이 슬퍼졌다.

하얀 스웨터

멋진 하얀 스웨터와 꼭 맞는 타이트 스커트. 스커트는 멀리서 보면 회색으로 보이고, 새하얀 스웨터는 약간 큼직한 V넥이다.

두께와 재질, 위아래의 조화가 여간 멋스럽지 않다. 목 언저리에 파란색 인도실크 스카프를 가볍게 매고 입에는 빨간 립스틱.

"어디서 사셨어요? 멋진 스웨터네요."

젊은 친구가 자랑스럽게 웃으며 말했다.

"남성매장에서 구입한 스웨터예요. 두 번 빨아서 줄인 거예요. 남성용 중에서도 제일 큰 걸 사서 뜨거운 물에 빨면 꼭 알맞은 두께가 돼요. 튼튼하고 부드러워요. 만져보세요……."

'어디에서도 팔지 않는' 멋진 스웨터에 커다란 박수를 보냈다.

3월

딸기무스

어느새 딸기가 제철이다.

새빨간 딸기에 초록색 꼭지가 마치 보석처럼 아름다워 먹기가 아까울 정도
이다.

딸기가 제철일 때면 가끔 딸기무스를 만든다. 무스는 아이스크림만큼 차
갑지 않고 딸기의 맛과 향이 생크림에 녹아 부드러운 맛을 즐길 수 있기 때문
이다. 냉장고에 넣어두고 오늘은 손님이 오시니까 케이크라도 넣까, 하는 날
에 제격이다.

딸기 한 상자에 생크림도 한 곽, 설탕은 한 컵의 6~7할 정도 넣
는다. 이 정도의 설탕이면 그리 달지 않다. 딸기를 깨끗이 씻어
꼭지를 딴 다음 볼에 담아 설탕을 솔솔 뿌려 30분 정도 그대로
둔다. 그러고는 딸기를 체에 곱게 걸러준다. 볼에 생긴 딸기즙에
남은 설탕을 넣고 약한 불에 녹이는데 이때 설탕을 끓여서는 안 된다. 설탕이
녹으면 체에 거른 딸기와 한데 섞는다.

생크림을 볼에 담는데 나중에 거품기로 거품을 내야 하니까 조금 큰 볼이
좋다. 생크림을 담은 볼을 냉장고에 넣어 차게 식힌다. 그리고 물과 얼음이 담
긴 큰 볼에 충분히 차가워진 생크림 볼을 넣고 거품을 낸다. 생크림이 점점
굳어가며 충분히 차가워지면 거품기에 크림이 묻는데 그때 바닐라 에센스를
조금 떨어뜨린다.

여기에 체에 거른 딸기를 조금씩 섞는다. 다 섞은 다음에는 푸딩 그릇이나

작은 도자기에 담아 냉장고에 두세 시간 넣어둔다. 냉장고 안에서 굳으면 맛있는 딸기무스가 된다.

컵을 접시에 받쳐 스푼으로 떠 먹는다. 차갑게 얼리지 않는 편이 더 맛있다. 분홍색 딸기무스가 냉장고 안에 있다는 생각만으로도 참 즐겁다.

파리의 아파트

파리에서 가구가 딸린 작은 아파트를 빌려 지낸 적이 있다. 걸을 때마다 바닥이 삐걱거릴 정도로 정말 오래된 아파트였다.

우선 옷가지를 정리하려고 낡은 옷장과 서랍장을 열어보았다. 순간 서랍 밑에 깔린 화려하고 선명한 빨간색 종이가 눈에 들어왔다. 서랍마다 모두 같은 종이가 깔려 있었다. 작은 목욕탕 벽은 장미색, 붙박이 수납장 문에도 장밋빛 페인트가 칠해져 있다. 삐걱거리지만 좁은 간격으로 나누어진 선반에는 흰 바탕에 같은 색 무늬의 비닐시트가 선반 크기에 맞게 깔려 있었다.

부엌은 모두 레몬색이다. 천장과 벽, 창틀과 문 그리고 찬장까지 모두 레몬색, 가스레인지와 싱크, 냉장고만이 흰색으로 빛났다.

레몬색 찬장을 열어보니 흰색과 파랑의 격자무늬 비닐시트가 깔려 있다. 모두 새로 간 것들이었다.

집주인인 마담이 해놓은 건지, 아니면 1주일 전까지 이 방에서 살았던 낯

모르는 사람이 해놓은 건지…….

뜻밖의 선물이었다.

오드리 헵번의 슈트

'로마의 휴일' 을 본 다음부터 오드리 헵번의 팬이 되어 늘 동경에 가까운 마음을 갖고 있었다. 그녀가 나온 영화는 대부분 보았다. 그때나나 그녀의 뭐라 표현하기 힘든 신선한 매력에 영화감상이 더욱 즐거웠다.

결혼 이후 그녀의 영화 출연이 뜸해졌다. 40을 넘기고 나서는 더욱 그 수가 줄어 유감스럽기는 하나, 거기서 그녀의 엄격한 삶의 방식을 느낄 수 있었다. 오랜만에 그녀의 영화 '화려한 상속인' 을 보았다.

갑자기 대규모 제약회사의 후계자가 된 오드리가 그 재산과 명예를 탐내는 친인척으로부터 위협에 몰리는 스릴 넘치는 작품이다. 1978년 미국에서 베스트셀러가 된 시드니 셸던의 《혈선(Bloodline)》을 영화화한 작품으로 무대는 뉴욕과 런던, 파리 그리고 지중해의 아름다운 섬 사르지니아와 폴란드의 설경까지 화면 가득 그려져 더욱 감흥을 주는 영화이다.

목숨을 노리는 범인이 사르지니아의 별장에 불을 지르자 헵번이 불길을 피해 발코니에서 발코니로 몸을 날려 도망치는 장면은 정말 압권이었다. 영화를 본 다음에도 헵번이 가볍게 몸을 날리던 모습에 내 몸까지도 가벼워지는 것 같았다.

'로마의 휴일' 이후 몇 년이 지난 걸까. 헵번은 1929년생이니까 이 영화를 찍은 것은 51세 때다. 그러나 날씬한 몸매는 20대에 '로마의 휴일'을 찍을 때와 전혀 변함이 없었다. 얼굴에는 나이에 어울리는 변화가 나타났지만, 오히려 헵번의 따뜻함과 깊이를 느끼게 해 더욱 매력적으로 보였다. 헵번은 나이만큼 그 아름다움을 더해가는 것 같다.

그리고 입고 있는 옷의 디자인이나 컬러, 분위기의 우아함과 경쾌함에는 저절로 감탄사가 튀어나올 정도였다. 활동적인 팬츠슈트가 많았는데 특히 인상을 끄는 것은 옅은 회색과 차분한 녹색 그리고 밀크티 같은 갈색의 잔잔한 체크로 몸에 꼭 맞는 윗도리와 청자빛의 벨벳처럼 보이는 판탈롱이었다. 그 슈트를 늘 맵시 있게 옷깃을 세우고 주머니에 손을 찔러 넣고 걷는다. 마치 작은 사슴이 뛰노는 것처럼 경쾌해 보였다.

옷깃을 세운 스타일은 슈트의 무거움을 완화하여 셔츠처럼 보이게 한다. 옅은 모래색 슈트에 같은 색 터틀넥 스웨터를 입었을 때도 칼라를 세웠었다.

사장 취임 시에는 선명한 빨간색 원피스. 결단력 있어 보이는 색에 역시 셔츠칼라가 매우 야무져 보였다. 또 외출 시의 레인코트 차림, 딱히 특이한 코트는 아니었지만 그 모습이 지금도 눈에 선명하게 남아 있다.

영화를 보면서 느낀 것이 두 가지 있다.

하나는 목 언저리의 처리이다. 헵번은 매우 말라서 목에서 가슴까지는 역시 나이가 들어 뼈가 튀어나와 보인다. 그것을 때로는 터틀넥이나 하이넥으로, 때로는 셔츠칼라나 몇 줄이나 되는 목걸이나 작은 모피를 이용해 부드럽게 커버하고 있었다. 보면서 그 목이나 가슴이 전혀 눈에 띄지 않았다. 정말이지 멋진 코디네이터이다.

또 한 가지는 허리를 곧게 펴고 동작이 바람처럼 가벼웠던 것이다. 똑바로 앞을 보고 허리를 펴고 걷는다. 어쩐지 진지해 보이는 모습이다. 가벼운 몸놀림이 얼마나 사람을 아름답고 젊어 보이게 하는지 확인할 수 있었다.

영화 속 의상 중에 파티용 드레스 외에는 모두 오드리 헵번이 식접 고른 것이라고 한다. 아름답게 입는 것이 이렇게 다른 사람의 눈을 즐겁게 해준다는 사실을 새삼 깨달았다.

봄의 접대

가장자리가 살짝 올라간 접시는 약간 노란빛을 띤 녹색이니까 올리브색이라고 하는 게 좋을까. 15센티 정도 크기의 접시이다. 그 위에 한눈에도 맛있어 보이는 커다란 달걀말이 두 쪽에서 모락모락 김이 피어오른다. 그 곁에는 강판에 간 무가 간장을 끼얹어 옅은 갈색이 되어 있다. 접시의 녹색과 달걀의 노랑, 간 무의 갈색이 한눈에도 맛있어 보인다.

달걀말이를 한입 베어 무니 우려낸 국물 맛에 살살 녹을 것처럼 부드럽다. 간사이 지방 식으로 만든 것이라 담백하다. 너무도 온화한 맛이다.

국그릇은 빨간색. 뚜껑을 여니 보리누룩을 섞어 만든 붉은 된장국이다. 하얀 감자가 군데군데 살짝 어깨를 드러내고 위에 뿌린 다진 파의 색깔 또한 선명하다. 뜨거운 국물에 된장과 파의 향이 그윽하고 감자 맛이 우러난 국물 맛이 일품이다.

밥공기는 하얀 바탕에 두 가지 색의 줄무늬가 그려진 것이다. 앞에 놓인 작은 갈색 접시에는 구운 김이, 또 다른 접시에는 다시마와 잔멸치 볶음.

까만 테이블은 나뭇결이 보이도록 옻칠한 것으로 그 위에 놓인 그릇이 돋보여 음식이 한층 맛있어 보인다. 멋진 그릇도 맛있는 음식의 일부란 생각이 들었다.

그날은 봄이라고는 하지만 아직 추워서 그런 대접이 어떤 산해진미보다 반가워 어떤 감사의 말을 해야 할지 모를 정도였다. 밥과 국그릇을 비우고 더 달라고 하고 말았다.

나르시스의 향기

잠시 바라보더니 잎의 위치를 바꾸고 꽃이 제대로 놓였는지 확인한다. 꽃이 만발한 강가에 자리한 꽃집 주인이 아까부터 쉬지 않고 손을 움직이다. 작은 개양귀비 부케가 완성되었다. 그래, 오늘은 토요일이지. 저렇게 사랑스러운 꽃다발을 받는 사람은 누구일까.

지금은 아침 여덟시, 산책을 마치고 돌아가는 길이다. 머리 위로 높이 유리 지붕만을 얹은 노천 꽃시장. 화분을 옮겨놓는 사람, 일을 마치고 잠시 커피를 마시며 화분을 바라보는 사람도 있다.

문득 누군가가 나를 부른 것 같았다.

바로 꽃향기였다.

나도 몰래 숨을 들이마셨다. 자세히 보니 수선화가 커다란 화분에 길고 가는 목을 하고 넘칠 듯이 피어 있었다. 지금 나를 부른 것은 이 수선화늘이었을까, 하고 가까이 다가가보니 청아한 향기가 그 깊이를 더했다.

싱싱하고 어린 노란 꽃잎, 나도 모르게 손가락으로 만지려고 했다.

"봉주르 마담."

하는 소리가 들렸다. 부케를 만들고 있던 꽃가게 주인이다. 어느 미술관에서 본 고흐의 자화상과 너무도 닮은 얼굴이다. 무척이나 상냥한 목소리여서 꽃과 함께 생활하는 사람은 모두 이렇게 상냥할까, 하고 생각했다.

"이 꽃은 불어로 뭐라고 하나요?"

"나르시스예요."

"이건요?"

"존키."

"이건?"

"나르시스."

"저기 꽃잎이 하얗고 심지만 오렌지색은 것은요?"

"저것도 존키라고 해요."

"종류가 참 많네요."

"네, 모두 구근에서 피는 꽃이니까 같은 패밀리예요. 프랑스에서 피는 건 여기 있는 다섯 가지가 전부예요. 마담은 일본에서 오신 여행객인가요?"

"네, 그래요. 당신은 플로리스트를 한 지 오래됐나요?"

"네, 아주 어렸을 때부터니까 오래됐어요. 당신도 플로리스트예요?"

"아니요, 유감스럽지만 나는 투어리스트예요."

발음이 비슷한 말이 농담처럼 들려 함께 웃고 말았다.

주머니에 있던 돈을 모두 털어 나르시스를 사서 가슴에 안고 다리를 건넜다.

빨간 블라우스

3년 전쯤일까, 모리하나에 부티크에서 빨간색 실크 블라우스를 샀다. 셔츠 칼라에 길이는 허리 아래까지 넉넉하고, 같은 천으로 싼 단추 외에는 아무런 장식이 없는 블라우스다.

연지색이 약간 들어간 빨간색에 반해 구입하기는 했지만, 아름다운 색인만큼 좀처럼 입을 기회가 없었다. 또 소재가 실크인 데다 바느질도 훌륭해 평소에 입기는 망설여지는 블라우스다.

며칠 전 초대를 받고 뭘 입고 갈까 고민하다, 은빛 회색 바지에 이 블라우스를 입고 갔다. 선명한 컬러가 화려한 저녁 식탁 분위기에 어울렸는지, 같은 자리에 있던 멋쟁이로 정평이 난 친구한테서 "저녁시간의 빨간색이 멋지다"는 칭찬을 들었다.

아무런 무늬가 없는 빨간색은 그 나름의 파워가 있고, 금색이나 은색 또는 진주 같은 흰색 액세서리와도 잘 어울린다. 때로는 감색에 흰 도트무늬 스카프가 살짝 비치도록 매면 빨강과 감색의 조화가 부드러운 느낌을 준다. 앞으로 저녁모임이 있을 때면 이 빨간 블라우스를 즐겨 입을 생각이다.

서당 개

 생선 만지는 것이 왠지 꺼려져 늘 잘라놓은 생선을 사거나 생선가게에다 다듬어달라 부탁을 하곤 한다.

하지만 저녁 장보기가 한참인 바쁜 시간에 전갱이나 보리멸(서두어)을 다듬어달라고 하기가 미안해, 어떻게 혼자서 할 수 없을까 생각하게 되었다. 생각해보면 요리학원에 가지 않아도 눈앞에서 생선가게의 훌륭한 선생님이 매일 차례차례 생선 다듬는 모습을 보여준다. 그렇게 생각하고는 생선가게 주

인이 생선을 다듬고 씻고 하는 손놀림을 열심히 보고 외웠다. 그리고 집으로 와 서툴더라도 보고 온 순서대로 해보았다.

물에 깨끗이 씻어서 지느러미를 잘라내고, 대가리를 자른다. 배를 가르고 뼈도 발라내고 껍질을 벗긴다. 처음에는 모양이 말이 아닌 데다 껍질이 반만 벗겨지거나 발라낸 뼈에 살이 너무 많이 붙기도 했지만 6개월쯤 지나니 서당 개 3년이면 풍월을 읊는다고 몸집이 큰 전갱이는 어느 정도 다듬을 수 있게 되었다. 모르는 것이 있을 때면 생선가게에 가서 물어보면 아주 친절하게 가르쳐준다.

그전까지는 얼른 내 차례가 돌아오길 기다렸지만, 이제는 눈을 크게 뜨고 생선 다듬는 것을 바라보며, 오늘 저 집은 오징어회고 또 저 집은 가자미를 졸이려나보다 하며 즐거운 수업을 받고 있다.

물웅덩이

집 앞 도로가 새로 포장되었다. 전에는 네모난 콘크리트 블록이 었는데 이음새 없는 아스팔트가 된 것이다.

비가 오는 날이었다. 놀랍게도 도로 여기저기에 물웅덩이가 생겼다. 평평하게 공사가 되었다고 생각했었는데 이렇게 울퉁불퉁하다니. 물웅덩이를 밟지 않으려고 깡충깡충 건너면서 어쩌면 공사를 이렇게 했을까 싶어 화가 났다.

비가 갠 일요일, 창가에서 문득 물웅덩이가 있는 보도 쪽을 바라보았다. 하늘이 맑게 개어 웅덩이에도 그 하늘이 옮겨와 앉아 있다. 그러고는 뭔가가 홀쩍 내려왔다. 작은 참새였다. 기분 좋게 물을 먹고 있다. 또 한 마리가 내려왔다. 참새 두 마리가 사이좋게 물을 마시고 목욕을 하고는 함께 날아갔다.

내가 화를 냈던 그 물웅덩이가 참새들에게는 이렇게 도움이 될 줄은 몰랐다. 생각해보면 도시는 어디나 할 것 없이 포장이 되어 있다. 원래는 흙으로 된 땅이니 자연스럽게 파이기도 하고 비가 오면 빗물이 고이기도 해서 새들이 물을 마시고 놀 수 있을 텐데, 이렇게 땅이 모두 포장되면 새들은 어디서 물놀이를 할까.

그날은 참새가 몇 마리나 날아와 물을 마시고 갔다. 저녁 무렵에는 웅덩이의 물도 말라 있었다. 또다시 비가 와 이곳에 물이 고이는 건 언제쯤일까……

눈으로 한 식사

파리의 드골공항.

점심때였지만 출발시간을 기다리며 카페테리아에서 커피를 마시고 있었다. 중년이 지나 보이는 여자가 음식이 담긴 쟁반을 들고 바로 옆 테이블에 앉았다. 카페테리아는 로스트치킨이나 햄 등이 담긴 접시를 각자 카운터에서 고르는 셀프서비스 방식으로 운영하고 있었다.

옆 테이블에 앉은 사람의 쟁반에는 당근과 래디시, 토마토와 오이, 셀러리와 올리브 등의 색이 어울려 식욕을 불러일으키는 샐러드가 한 접시, 빵과 작은 병에 담긴 레드와인, 디저트인 요구르트 한 병이 놓여 있다. 일하는 여성의 점심식사답다며 바라보고 있는데, 그 사람이 가방에서 종이에 싼 뭔가를 꺼냈다. 삶은 달걀이었다.

거기에 그녀보다 조금 젊어 보이는 여자가 쟁반을 들고 와 같이 앉았다. 두 사람은 공항에서 일하며 늘 이렇게 함께 식사를 한다는 것을 알 수 있을 것 같았다.

뒤에 온 여자의 점심식사는 고기가 들어간 파이인 파테에 햄과 소시지를 곁들인 접시에 초콜릿케이크, 그리고 먼저 앉은 사람과 같은 빵과 작은 병에 든 레드와인이었다. 잔에 와인을 따르고 빵에 파테를 얹어 먹으면서 자전거 이야기를 하고 있다.

이번 바캉스에 자전거를 탈까 한다는 이야기를 시작으로 어디서 중고를 싸게 살 수 없을까, 중고보다는 새것이 나을까, 철도역에서 자전거를 빌려주는 곳이 있을 텐데 하는 이야기를 하며 와인잔이 거의 빌 무렵, 또 한 명의 젊은 동료가 테이블로 다가왔다. 그러고는 커다란 가방을 두 사람이 앉은 자리에 놓고 음식을 사러 갔다.

"오늘 커피는 내가 살게요."

"고마워, 그럼 부탁해."

두 번째 사람이 일어나 커피를 사러 가는 동안 또 다른 젊은 친구가 와서는 가벼운 발걸음으로 음식이 놓인 카운터로 간다. 그리고는 세 번째로 왔던 젊은 사람이 커피를 사러 갔던 사람과 함께 이야기를 나누며 자리에 돌아왔다.

테이블이 점점 더 즐거워 보인다. 마지막에 온 사람이 이제 곧 자리로 돌아오겠지, 젊은 친구니까 쟁반 가득 음식을 담아오지 않을까, 생선이 들어 있는 파테가 맛있어 보이던데…….

실은 나도 배가 고팠다. 하지만 시간이 없어 옆 테이블의 식사를 눈으로 맛있게 먹고 있었다.

그때 출발을 알리는 안내방송이 들렸다. "잘 먹었습니다" 하고 속으로 인사를 하고 게이트를 향해 걸음을 옮겼다.

더블 조끼

작년에 우연한 기회에 만들어 아주 유용하게 활용하고 있는 조끼와 스커트를 소개할까 한다.

천은 도톰한 영국산 타탄체크로 진한 감색과 그린 그리고 검은색이다. 얼핏 보기에는 전체가 감색 혹은 다크그린처럼 보인다. 조끼의 길이는 허리를 완전히 덮을 정도인 65cm이다. 그리고 앞쪽도 넉넉히 겹쳐 더블로 만들었다.

원피스를 입어도 허리에 살이 쪄서……, 블라우스에 스커트를 입어도 허리

부위에 여간 신경이 쓰이는 게 아니다. 정말 어떤 옷을 입어도 예전만큼 어울리지 않아 씁쓸한 마음이 들 정도였다.

그런데 이 허리까지 덮는 더블 조끼를 입으면 살이 쪘는지 어쩐지 전혀 알 수가 없다. 생각했던 것보다 훨씬 활용도가 높다. 바지에 블라우스 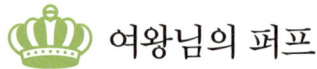 를 입을 때도 허리를 감싸주니 역시 날씬해 보인다.

오늘은 날이 따뜻해서 이 조끼에 스커트를 입고 외출했다. 안에는 하얀 와이셔츠를 입고 얇은 초록색 스카프를 살짝 보이게 매고 초록색 베레모를 썼다. 어깨에 멘 가방과 구두는 베이지색이다.

이 조끼는 그야말로 허리를 감추기 위한 옷이다. 나 같은 고민을 가진 이에게 권하고 싶은 아이템이다. 앞섶의 겹치는 부분을 넉넉히 잡아 단추를 조절할 수 있게 하고 허리를 완전히 덮을 정도의 길이로 만들면 된다.

👑 여왕님의 퍼프

'여왕님의 퍼프'란 이름이 좋아 가끔 만드는 과자가 있다.

바로 작은 슈크림이다. 기름에 튀겨 부푼 모습이 마치 여왕님의 하얀 퍼프 같아 붙인 이름이라고 한다. 이름에 어울리게 영국과자이다. 오븐을 사용하지 않고 만들 수 있기 때문에 실패할 확률도 적어 손님이 오는 날에도 안심하고 만들 수 있다.

슈(껍질) 재료는 버터와 밀가루, 달걀 이 세 가지뿐이다.

♠ 두껍고 작은 냄비에 버터 2큰술과 물 3분의 2컵을 넣고 중불에 올려놓는다.

♠ 버터가 녹으면 불에서 내려놓고 밀가루를 가볍게 한 컵 넣고 주걱으로 반죽이 되도록 젓는다.

♠ 이번에는 약한 불에 올려놓고 반죽이 잘 되도록 젓는다. 탈 것 같으면 불에서 내려 젖은 행주에 올려놓고 조절한다. 반죽이 냄비나 주걱에 묻지 않게 되면 불에서 내려놓는다.

♠ 달걀을 하나 깨서 넣고 처음에는 주걱으로 자르듯이 그으면서 섞어준다. 조금 힘이 필요하지만 잘 섞일 수 있도록 한다. 주걱으로 떠서 떨어뜨려본다. 주걱 위에 얹은 재료가 자연스럽게 톡하고 떨어지면 완성인데, 그렇지 않을 경우는 딱딱하기 때문에 달걀 하나를 풀어 조금씩 섞어가며 상태를 확인한다. 달걀이 잘 섞이지 않으면 튀겼을 때 잘 부풀지 않는다.

♠ 재료를 다 만들면 볼에 담아 젖은 헝겊으로 덮어 두 시간 정도 숙성시킨다.

♠ 다음에는 기름에 튀긴다. 냄비에 식용유를 붓고 불에 올려놓는데 튀김을 할 때처럼 낮은 온도에서 시작한다. 티스푼으로 슈 재료를 뜬 다음 다른 손의 검지로 기름 위에 살짝 밀어 넣는다.

♠ 반죽이 일단 가라앉았다 떠올라 저절로 돌면서 튀겨지지만, 돌지 않을 때는 국자로 기름을 떠서 끼얹어준다. 기름 온도가 높으면 타기 쉽고 잘 부풀지 않는다. 튀긴다가보다는 기름에 삶는다는 표현이 더 맞을 것 같다.

♠ 부풀어 노릇하게 튀겨지면 다 된 것이다. 여기에 뾰족한 대나무 꼬치 등으로 구멍을 내서 딸기잼이나 마멀레이드 혹은 크림을 채운다. 또 아무것도 넣지 않고 그대로 접시에 담아 생크림에 우유를 조금 넣어 묽게 한 것이나 초콜릿을 끼얹는 등 다양한 방법으로 즐길 수 있다. 크림 만드는 법도 메모해두었다.

♠ 작고 두꺼운 냄비에 밀가루 1큰술과 설탕 반 컵을 넣고 잘 섞는다. 거기에 달걀 두개를 풀어 넣는다. 우유 두 컵을 데워 여기에 조금씩 부어가며 섞는다.

♠ 다 섞어서 중불에 올려놓고 천천히 젓다보면 슈크림 안에 넣을 수 있을 정도로 걸쭉해진다. 여기에 바나나 에센스를 두세 방울 떨어뜨린다. 이것을 케이크 등을 장식할 때 쓰는 비닐용기에 담아 슈 안에 밀어 넣으면 작고 귀여운 슈크림이 된다.

♠ 이 크림에 우유 한 컵과 설탕 반 컵을 더해 뭉근한 불에 올려놓고 묽게 하면 크림소스가 된다. 이것을 슈 위에 듬뿍 끼얹어 먹어도 맛있다.

그리고 이 슈 안에 캐비아나 연어알 혹은 페이스트 등을 넣으면 멋진 애피타이저가 된다.

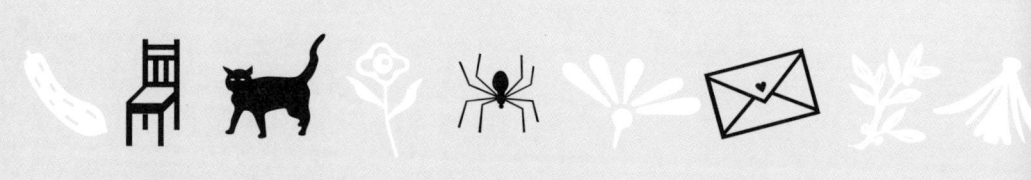

••••••••••••••••••••••••••••••••••4월

행복하세요

미장원 문이 활짝 열렸다. 뒤를 돌아보니 짧은 커트에 감색 스커트와 흰색 블라우스를 입은 호리호리한 젊은 아가씨였다.

"머리 해주세요."

"급하신가요?"

"네, 결혼식이 있어요."

"그럼 서둘러야겠군요."

이야기를 끝내고 아가씨가 거울 앞에 앉았다. 일본어가 약간 서툰 것이 외국인 같았다.

"머리끝이 바깥으로 가게 간단하게."

"결혼식이 몇 신가요?"

"1시 20분이니까 12시 40분까지 해주세요."

시계를 보니 12시가 다 되었다. 머리를 빗기면서 미용사가 물었다.

"친구 결혼식이세요?"

"제 결혼식이에요."

순간 미용실에 있던 사람들이 아무 말도 못했다. 그러고는 금방 활기가 넘치기 시작했다. 미용사와 손님들이 저마다 한마디씩 한다.

"축하해요."

"축하합니다."

"고맙습니다. 지금 막 대만에서 왔어요."

"일본어를 잘하시네요."

신부가 지각을 해서는 안 되므로 모두 자신은 나중에 해도 괜찮아요, 하며 응원을 보낸다. 미용사가 몇 명이나 붙어 능숙한 손놀림으로 참하고 부드러운 분위기의 머리가 완성되었다. 제 시간에 끝날까 걱정과 긴장으로 굳어 있던 아가씨가 기쁜 얼굴로 말했다.

"정말 고맙습니다."

"행복하게 사세요."

미용실에 있던 모든 사람의 배웅을 받으며 아가씨가 문을 나섰다. 모두 안도의 숨을 내쉬었다. 나는 한동안 아무 말도 못하고 있었다.

부추와 시금치

부추가 제철이다. 하지만 그 독특한 향 때문에 멀리하시는 분들도 계시는 것 같다. 그런 분들을 위해 향이 그리 강하지 않은 무침을 권하고 싶다.

시금치 한 다발에 부추도 한 다발 준비한다. 소금을 넣고 시금치와 부추를 따로 따로 데친다. 오래 데치면 맛이 없으니 살짝 선명한 녹색이 되도록 데쳐 역시 따로 따로 준비한 얼음물에 담가 쓴맛을 없앤다. 시금치와 부추를 꼭 짜서 각각 3센티 정도로 자른 다음 볼에 담아 젓가락 등으로 가볍게 섞어둔다.

일본술 약간과 간장으로 간을 한다. 그보다 먼저 흰깨와 검정깨를 볶아두고 가다랑어포(가츠오부시)를 헝겊에 싸서 비벼 곱게 가루를 내 함께 넣는다.

이렇게 나물을 만들어 먹으면 시금치와 부추가 한데 어울려 더 맛있을 뿐 아니라 부추는 시금치의 도움으로 뜻밖의 얌전하고 세련된 맛이 된다.

시금치와 부추의 아삭아삭한 맛을 살리려면 너무 오래 데치지 않도록 주의 해야 한다. 도전해볼 만한 새로운 메뉴다.

한순간의 일

다카야마에 갔을 때의 일이다.

아는 분이 자동차로 시내구경을 시켜주셨다. 차는 시내 외곽으로 가는 제 법 넓은 도로를 달리고 있었다. 나는 멍하니 차창 밖의 풍경을 바라보고 있었 는데 갑자기 자동차가 멈춰 섰다. 그러고는 앞에 앉아 있던 친구와 운전하던 분이 아무 말도 않고 동시에 차 밖으로 뛰어나가는 것이었다. 뒤에 앉아있던 나는 깜짝 놀랐다. 두 사람이 달려간 앞쪽에는 남자가 혼자서 뒷바퀴가 하수 구에 빠진 자동차를 들어 올리고 있었다.

두 사람이 힘을 더하자 꼼짝 않던 차도 금방 들어 올려졌다. 그러는 동안에 도 세 사람은 아무 말이 없었다. 말을 주고받는 시간도 아까운 듯 두 사람이 뛰어 돌아왔고 자동차는 아무 일도 없었던 것처럼 다시 달리기 시작했다. 2~ 3분 정도의 짧은 순간이었다.

넓은 도로였기 때문에 그대로 지나쳐도 차량통행에는 무리가 없었다. 운전자가 곤경에 빠진 차를 보고 자동차를 멈추자, 옆에 있던 친구도 아무 말 없이 함께 뛰어나갔던 것이다. 마음이 따뜻한 다카야마 사람들을 본 것 같다.

운동부족

오른쪽 다리가 무겁고 이따금 위쪽이 아프다. 허리도 가끔씩 쑤신다. 나이 탓인가 싶다가, 이런 게 신경통일까, 아니면 무서운 류머티즘이라도 걸린 걸까, 하고 걱정을 하면서도 두세 달이 지나고 말았다.

누웠다 일어났다 할 때도 허리나 다리 위쪽에 통증을 느낄 때가 있다. 둔하고 무지근한 아픔을 느낄 때도 있다. 점점 걱정이 된다. 이러다 걷지 못하면 어떡하나 하는 생각도 들었다.

결국 병원에 진찰을 받으러 갔다. 엑스레이를 찍고 진찰을 마친 선생님의 한마디.

"운동부족이군요."

의아해하는 내게 선생님이 설명을 하셨다.

"사람 몸을 지탱하는 것이 척추이고 그 척추를 받쳐주는 것은 근육이지요. 근육이 늘 적당한 자극을 받으면 혈액순환이 잘 되고, 혈액순환이 잘 되면 뼈에도 충분한 영양이 골고루 미치게 돼서 아프거나 나쁜 곳이 생기기 어렵지요. 이 자극이 바로 운동, 다른 말로 하면 근육을 움직이는 겁니다.

척추는 짧은 뼈가 모여 이루어졌기 때문에 구부릴 수가 있어요. 그 뼈와 뼈를 연결하는 것이 자주 듣는 추간연골이라는 겁니다. 그런데 운동을 하지 않으면 척추를 지탱하는 근육이 약해져 이런저런 고장이 나게 되는데 그중 하나가 뼈와 뼈를 연결하는 연골이 점점 납작해져 거기서 다리 쪽으로 나오는 신경을 압박하게 되는 겁니다. 그래서 허리나 다리가 아픈 거지요.

환자분 엑스레이를 보면 역시 네 번째와 다섯 번째 요추 간격이 좁아져 있는데 그 때문에 다리와 허리 신경이 눌려 아픈 겁니다. 오늘은 척추의 뼈와 뼈 사이가 벌어지도록 견인치료를 하겠습니다. 그리고 근육의 긴장을 푸는 주사를 놓도록 합시다. 하지만 이것만으로는 절대로 낫지 않아요.

걷는 것이 중요합니다. 오늘부터 가능한 한 걸을 수 있는 곳은 걷도록 하세요. 이것도 치료입니다. 걷기는 근육을 단련하는 방법이지요. 척추가 약해져도 근육이 튼튼하면 자연히 통증도 없어집니다.

걸을 때는 허리를 펴고 선드러지게 걷는 것이 최고지만, 다리가 아픈 동안에는 모양은 신경 쓰지 말고 하루에 적어도 한 시간은 천천히 무리 없이 걷도록 하세요. 반드시 매일 실행에 옮겨야 합니다. 그리고 당분간은 뼈 사이를 벌리는 치료를 받도록 합시다.

걸을 때 주의를 기울여보세요. 우리는 등과 배의 근육을 무의식중에 교대로 움직이며 걷는데, 그러면 등과 배 근육의 혈액순환이 좋아지고 모세혈관까지 피가 흘러 척추를 지탱하고 연골에도 영양분이 전해지게 됩니다. 그럼 연골이 튼튼해져 밀려날 걱정을 하지 않아도 되지요.

여성 환자들은 특히 허리가 아프면 나이 탓을 하면서 몸을 감싸려고만 해요. 그건 아주 잘못된 것입니다. 그대로 내버려두면 정말 허리가 굽은 할머니가 됩니다. 겁주는 것이 아니라 지금부터라도 단련하지 않으면 정말로 그렇게 되요."

근육의 중요함과 운동의 필요성을 깨닫고 그날부터 매일 걷고 있다. 의사 선생님 말씀대로 요즘 들어 다리 아픈 것도 사라져 기쁜 마음에 이 글을 쓴다. 허리나 다리가 아프신 분들을 위해.

핫도그

파리에서의 이야기이다.

젊은 친구 다섯 명 정도가 모여 이야기를 하다 한 친구가 말했다.

"핫도그를 먹고 싶으면 꼭 생미셸에 가."

그러자 또 한 친구가 말한다.

"아주머니가 혼자서 굽는 가게지?"

"응. 좀 돌아가야 되긴 하지만 나도 거기로 가."

세 번째 친구도 말한다. 나도 그만 몸을 내밀고 물어보았다.

"아, 알 것 같아, 그 가게. 지하철역에서 올라가 분수대가 있는 작은 광장 한쪽 벽에 붙어 있는 것 같은, 유리로 된 가게지?"

그 가게라면 사람들이 줄을 서 있는 것을 지나가다 몇 번이고 본 적이 있다.

"그런데 거기 핫도그가 다른 데랑 그렇게 달라?"

"이유는 잘 모르겠지만 그 집 핫도그가 맛있어. 가격도 똑같고 크기도 같은데……."

"안에 넣는 소시지를 좋은 걸 쓰나?"

"아니, 그렇지도 않아. 하지만 이유를 조금은 알 것 같아."

파리식 핫도그는 우선 가늘고 긴 바게트를 세 등분한 것이 1인분인데, 빵 가운데에 칼집을 내어 한쪽에는 머스터드를 바르고 한쪽에는 뜨거운 소시지를 올려놓는다. 핫도그를 '뜨거운 소시지'라 부를 정도니까 소시지는 어느 가게나 따뜻하게 데워서 나온다. 그런데 이 생미셸 아주머니는 빵도 커다란 오븐에 굽는다. 그것이 비결이었던 것이다.

아주머니가 왼손으로 토스터에서 빵을 꺼내면서 물었다.

"머스터드는?"

"네, 발라주세요."

커다란 나무주걱으로 프렌치머스터드를 듬뿍 바른다. 거기에 지글지글 소리를 내며 맛있게 구운 빨간 소시지를 얹고 그 위에 다시 빵을 덮어 종이에 둘둘 말아준다.

뜨거운 국물이 흐를 것 같은 소시지에 구수한 빵 냄새, 시고 코끝을 자극하는 머스터드.

아주머니가 빵을 데우는 솜씨가 일품이라 젊은이들이 바삐 걸어가다가도 결국은 발을 멈추고 핫도그를 다 먹고 나서야 다시 발을 옮긴다. 종이로 싼 빵의 따끈한 온기를 느끼며 너도나도 입을 모아 칭찬하는 이유를 알 것 같다.

보라색 꽃

    기타가마쿠라역에서 내려 잎이 나기 시작한 벚나무와 새로 싹을 피우고 있는 나무 사이를 빠져나가면 오구라 유키(1895~2000, 일본화가) 화백의 정원에 이른다.

    동백과 희고 붉은 고목의 매화에 둘러싸인 작은 골짜기 같은 곳에 자리한 아담한 집이다. 진보라와 연보라, 노란 팬지를 꽂은 화병 앞에 여유롭게 앉아 있는 오구라 씨의 미소. 올해로 연세가 80세지만, 데뷔 60년을 기념한 전시회를 도쿄와 교토에서 성황리에 마친 다음이었다.

    "아침 5시에 일어나 혈압 내리는 약과 오렌지 하나를 먹고 화실에 들어가 그날 작업을 하기 좋게 준비해요. 아침식사는 접시 가득 썬 토마토와 된장국. 식사가 끝나면 화실에 들어가 어제 하던 작업을 계속합니다. 마음에 안 들면 몇 번이고 칠한 물감을 물로 씻어낸답니다. 그린 그림보다 씻어낸 그림이 더 많을 거예요. 60년간 나는 세탁소 일을 해온 것 같아요." 하고 웃으며 말씀하셨다.

    "다시 그리거나 고쳐 그린 그림이라면 1927년 처음으로 일본미술원전람회에 입선한 '오이'가 대표작품이 아닐까요. 요코하마에 있는 소신여학교에서 학생들에게 그림을 가르치면서 아침에 학교에 가기 전이나 쉬는 날, 집 뒤 텃밭에 있는 오이를 몇 장이고 데생을 했습니다. 구도를 잡아 야스다 유키히코(1884~1978, 일본화가) 선생님 댁으로 가서 보여드렸습니다.

    처음에는 아니다, 두 번째도 아니다, 네 번을 가지고 가도 아직 멀었다고 하시는 거예요. 전람회 출품마감이 바짝바짝 다가오고 있었지요.

오이 잎의 울퉁불퉁한 모습을 그리고 싶어 자세히 들여다보면 그 울퉁불퉁한 사이에 밝은색 잎맥이 지나가고, 서로 겹친 잎들 사이로 노란 꽃이 얼굴을 내밀고 있지요. 그리고 어리고 어린 오이가 열리기 시작하는데, 그 작은 열매에 비하면 커다란 돌기가 난 데다 그 끝에는 눈썹 같은 털이 나 있는데 어찌나 예쁘고 사랑스러운지 정신없이 그렸어요.

그 그림이 처음 전람회에 입선을 하게 되지요. 너무 기뻐서 정말 눈물이 났어요. 그리고 다른 사람들의 작품도 보러 갔지요. 두려움 반과 쓰라린 마음 반으로 갔는데 뭐가 좋고 뭐가 나쁜지 나로서는 도저히 알 수가 없었어요.”

오구라 씨는 31살에 나라여자사범학교를 졸업하고 1925년 요코하마에 있는 소신여학교에서 교편을 잡았다. 그리고 다음 해부터 야스다 선생님께 사사를 받기 시작했다. 그리고 6년 만에 입선을 한 것이다. 이 ‘오이’란 작품도 그렇지만 오구라 씨의 그림 소재는 언제나 당신 가까이에 있는 풀과 꽃 그리고 사람들이다.

들꽃…… 질경이, 엉겅퀴, 개양귀비. 그 꽃들을 그리고 있는 기모노를 입은 두 소녀의 모습을 담은 ‘초여름.’ 다카시마야 전람회에서 봤던 잊지 못할 ‘고향 사람들’이라는 그림은 오구라 씨가 태어나고 자란 오즈를 배경으로 정성껏 농사를 짓던 숙모와 조카딸들의 모습을 그린 것이다. 그림 속 주인공들 중에는 이미 세상을 떠난 분들도 있지만, 가까이 살며 일하는 사람들의 모습이 그대로 그녀의 화폭에 살아 있다.

동백, 매화, 창포, 수국, 모란 등 꽃을 소재로 한 그림도 많은데 모두가 그녀집 마당에 핀 것들이라고 한다. 카마쿠라 들판에 피어 있는 완두와 달개비, 백일홍. 혹은 귤이나 포도, 복숭아, 양배추, 하나 같이 보고 있으면 그리움을 느끼게 한다.

"사범학교에 다닐 때 선생님이 그림을 그릴 거면 주변에 있는 소재를 그리라고 말씀하셔서 그 말씀을 평생 지켜온 거예요."

오구라 씨 그림 중에서 내가 늘 마음을 빼앗기는 것은 보랏빛이다. 어쩌면 그리도 요염하고 아름다운 보라색인지. 창포꽃의 보라, 제비꽃의 보라, 아이리스의 보라 그리고 기모노 옷감의 색이나 무늬에 사용되는 보라. 그 보라색 이야기를 하면 오구라 씨의 목소리가 더욱 생기를 띤다.

"표현하기 힘든 색이지요. 마당 연못가에 피어 있는 창포를 보고 이 색을 표현하려면 무슨 색과 무슨 색을 섞어야 할지 한동안 바라봐요."

전람회에서도 이 보라색 창포 앞에서 걸음을 오랫동안 멈춰 있는 사람이 많았다.

"전람회장에서 작은 남자아이가 말했어요. '나 여기 있는 그림들 다 좋아. 누구나 그릴 수 있는 그림인걸. 나도 크면 이런 그림을 그릴 거야.' 그 꼬마신사 말을 듣고 또 한 가지를 배웠어요. 아직도 넘어야 할 산이 많다는 것을요. 60년 동안이나 그림을 그려왔지만 그 꼬마가 한 말처럼 누구나 그릴 수 있는 그림이었어요. 이제부터는 나만 그릴 수 있는 그림을 그려야 할 것 같아요."

끝없는 길을 걸어가는 오구라 씨의 모습에 나도 마음을 다져본다.

의자의 인사

나리타공항에서 탄 비행기가 이륙한다.

안전벨트 착용을 알리는 램프가 꺼져 한숨 돌리며 의자를 뒤로 젖혔다. 잠시 후에

"저……, 의자를 젖혀도 괜찮을까요?"

귀여운 목소리가 들렸다. 앞좌석에 앉은 아가씨가 물었다.

"네, 그러세요." 하고는 문득 부끄러워졌다. 나는 뒤에 앉은 분께 아무런 말도 없이 의자를 젖히고 말았나. 뒤에 앉은 사람이 분명 놀랐을 것 같다.

앞에 앉은 아가씨와는 '의자 인사'를 계기로 이야기를 나누게 되었다. 단발머리에 청바지 차림이라 학생인 줄 알았는데 스위스로 출장 가는 중이라고 한다. 멋진 젊은이가 많아졌다는 생각이 든다.

눈처럼

새콤달콤한 향기에 혀끝에서 사르르 녹는 맛, 서양배가 이렇게 맛있었나 하고 먹을 때마다 생각한다. 그렇지만 서양배의 계절은 10월에서 11월 사이로 무척 짧아 제철을 놓칠 때가 많다.

하지만 서양배 통조림이라면 언제든지 구입할 수 있다. 물론 생과일과는

맛이 다르지만 얇게 썰어 프라이팬에 노릇노릇 구워 아침 토스트에 올리면 잼보다 달지 않고 여간 맛있는 게 아니다.

얼마 전 파리에서 돌아온 친구가 그곳에서 배운 멋진 '서양배 셔벗' 이야기를 들려주었다. 메모를 해 와서 바로 통조림으로 만들어보았다. 입에 넣어보니 막 내린 눈처럼 사르르 녹아버렸다. 친구가 파리에서 먹은 셔벗도 분명 이런 맛이었겠지.

～～～

통조림에 든 서양배 2개, 보통 반으로 잘려 있으니까 네 쪽을 준비하는데 300그램 정도 된다. 이것을 체에 곱게 거른다. 부드럽기 때문에 쉽게 거를 수 있다. 거른 배를 볼에 담고 통조림에 들어 있는 시럽 1컵, 설탕 1큰술과 레몬즙 1큰술을 넣고 잘 섞다. 그리고 조금 깊은 알루미늄 도시락 통 같은 데 담아 뚜껑을 덮어 냉동실에 넣어둔다.

반쯤 얼면 꺼내서 다시 볼에 담는다. 거품기로 달걀흰자 거품을 내듯이 전체를 잘 섞으면 안에 공기가 들어가 빙수처럼 된다. 서양배를 잠시 그대로 두고 다음은 달걀 하나를 흰자만 거품을 낸다. 부드러운 거품이 되면 서양배와 섞는다.

다시 도시락 통에 담아 냉동실에 넣어 두세 시간 얼리면 완성이다. 냉동실에 따라 온도가 다를 수 있어도 네다섯 시간이면 충분하다.

어느 저녁녘

마침 퇴근 무렵이다.

오늘은 종일 날씨가 이상했다. 갑자기 하늘이 어두워졌다 싶더니 요란하게 창문을 두드리는 소리를 내며 커다란 우박이 쏟아졌다. 정말 봄날의 폭풍이라 불러야 할 것 같은 날이다.

나는 콩코르드 광장 한쪽에서 버스를 탔다. 버스가 정거장을 출발한지 얼마 되지 않아 멈춰 섰다. 광장은 자동차로 꽉 찼다. 보도에서 자동차 사이를 뚫고 달려온 여사가 버스 문을 누드렸다. 어떻게 하나 궁금했다. 모른 척하고 그냥 가버릴까……

그런데 뜻밖에도 문이 스르륵 열렸다.

"고맙습니다" 하고 여자승객이 뛰어올라와 가픈 숨을 몰아쉬며 빗물을 닦았다. 그대로 뒤쪽에 자리를 찾으러 가는 여자에게 운전수가 말했다.

"함께 가요."

나는 운전수 쪽을 바라보았다. 남자인 줄 알았는데 여자 운전수였다. 색이 조금 바란 감색 유니폼을 입고 가슴을 펴고 앉아 있었다. 눈가에 잔주름이 보이는 것이 40후반쯤일까…… 코와 턱이 뾰족해 할머니가 돼서도 저런 귀여운 얼굴이겠지 하는 생각이 들게 하는 얼굴이었다. 마리, 프랑수아즈, 카트린, 안네 하고 그녀에게 어울릴 만한 이름을 찾아본다.

문득 창가를 보니 버스는 어느새 자동차들의 소용돌이를 빠져나가 강변의 젖은 도로를 믿음직한 발걸음으로 달리고 있었다.

나누어 먹기

전화벨이 울려 받아보니 근처에 사는 친구였다.

"잘 지내?" 하고 안부를 묻고는 "지금 오랜만에 콩비지를 볶았는데 맛이 괜찮아. 마침 그쪽으로 갈 일이 있으니까 가지고 갈게. 현관까지 좀 나올래?"

친구가 전해준 콩비지는 채 썬 당근과 표고버섯이 들어 있고 위에는 잔파를 뿌려서 한눈에도 맛있어 보였다. 한입 먹어보니 간장과 설탕 간이 마침맞아 예전에 먹었던 맛이 떠올랐다.

어렸을 때 어머니 심부름으로 자주 초밥이나 경단 같은 것을 찬합에 담아 이웃집으로 가져갔다. 받는 분들이 무척이나 기뻐하셨던 것을 기억한다.

이웃집에서도 뜻밖의 반찬을 나누어 주셔서 그런 날은 다른 때보다 식탁이 떠들썩했었다. 지금 생각해보면 우리 어머니들은 반찬을 몇 인분이라 정하지 않고 맛있게 만들 수 있는 양만큼 만들어 많으면 이웃에 나누어 주었던 것 같다. 나누는 기쁨 또한 음식을 만드는 즐거움의 하나였으리라. 그렇게 주고받으며 이웃집의 음식 맛을 배우지 않았을까.

생활양식이 바뀌어 이젠 이웃끼리 음식을 주고받는 일도 적어졌다. 친구가 가져다준 콩비지볶음이 어떤 고급스러운 음식보다 따뜻하고 맛있었다.

그레이프프루트 씨

언제쯤이었을까. 찬바람이 불던 계절이었다.

그레이프프루트 그러니까 자몽을 가로로 반을 갈랐더니 금방이라도 싹을 틔울 것 같은 씨가 반짝였다. 얼른 살짝 꺼내 집에 있던 화분에 심어 베란다에 내놓았다. 온난한 기후에서 자라는 나무인데 싹이 돋을까, 큰 기대는 하지 않고 다른 화분에 물을 줄 때 함께 물을 주는 정도였다.

봄이 가까울 무렵 작고 작은 연둣빛 싹이 하나 났다. 추위를 견디고 이국땅에서 싹을 틔운 것이 너무도 기특해 매일 아침 들여다보며 열심히 물을 주며 응원을 보냈다.

5월 중순 10센티 정도 자란 새싹을 자세히 보니 머리끝에 하얗고 볼록한 꽃봉오리가 달려 있었다. 그리고 어느 날 아침 작고 예쁜 꽃 한 송이를 피웠다. 마치 서향처럼 향기가 진해 작은 꽃 한 송이인데도 산뜻함이 주위에 가득했다.

초여름에는 벌이 이 작은 꽃을 찾아들기도 했다.

계절에 맞지 않게 겨울에 싹을 틔워 일 년이 지난 지금은 20센티 정도까지 씩씩하게 자랐다. 언제쯤 열매를 맺을지는 모르지만 잎이 일 년 내내 부드러운 녹색이다.

어른들을 위한 푸딩

달지 않고 산뜻한 쓴맛을 간직한 어른들을 위한 푸딩을 소개해볼까 한다.

푸딩 맛은 캐러멜의 약간 쓴맛에 있는 것 같다. 그 쓴맛을 돕기 위해 오렌지 껍질을 이용한 오렌지 소스를 듬뿍 끼얹고 설탕을 줄인 푸딩이다.

나만 그럴까, 푸딩을 먹을 때 이 캐러멜 부분이 더 많으면 좋을 텐데 하고 생각하는 것. 그러다 어느 날 캐러멜 부분이 많은 푸딩을 만들면 되지, 하고 생각한 것이다.

그래, 동그란 틀이 아닌 납작하고 평평한 큰 용기에 담아 구우면 밑의 캐러멜 부분이 많아지니 분명이 맛있겠지. 생각난 김에 바로 두께 2센티 정도의 납작한 푸딩을 만들어보았다. 다 구운 푸딩을 뒤집어 접시에 담아보니 대성공, 전체가 밤색인 평평한 푸딩이 만들어졌다.

푸딩의 노란색과 밤색, 그 위에 갈색의 오렌지 소스를 끼얹어……, 벌써 입안 가득 침이 고인다. 레시피는 다음과 같다.

❧

오븐에 넣을 용기는 가로 20센티, 세로 16센티, 깊이는 3센티 가량인 스테인리스 스틸 용기가 적당하다. 재료는 일반 푸딩을 만들 때와 같지만, 나중에 생크림과 오렌지가 필요하다. 달걀은 7개, 그중 4개는 노른자만 사용다. 설탕 200그램, 우유 350밀리리터, 생크림 150밀리리터. 그리고 소스용 오렌지 1개분의 껍질과 설탕 3큰술.

❧

우선 캐러멜을 만든다. 두껍고 작은 냄비에 설탕 70그램과 물 반 컵을 넣고 중불에서 녹인다. 설탕이 녹기 시작하면 젓지 말고 가끔씩 냄비 손잡이를 잡고 돌려준다. 색이 변하기 시작하면 금방 타기 때문에 주의해야 한다. 불을 끄고 바로 틀에 부어 평평하게 만든다. 서두르지 않으면 캐러멜이 금방 굳어지기 때문이다.

볼에 달걀과 나머지 설탕을 넣고 잘 젓는다. 여기에 따뜻하게 데운 우유를 조금씩 5~6번에 나누어 넣으면서 달걀과 섞어준다. 이때 거품이 일지 않도록 조심해야 한다. 거품이 일면 푸딩에 기포가 생기고 맛도 덜하다. 여기에 생크림을 넣고 잘 섞은 다음 체에 기른다.

틀에 부은 캐러멜이 이미 굳어 있으니까 그 위에 달걀을 살짝 붓는다. 따뜻한 물에 중탕으로 오븐에 넣어 굽는다. 중탕에 필요한 용기는 틀보다 조금 큰 그릇이나 오븐의 철판용기에 물을 부어 사용하면 된다. 물은 달걀 높이의 반 정도가 좋다.

예열된 오븐에 중탕을 만들어 넣는다. 온도는 중불이다. 중탕하는 물이 끓어오르면 푸딩에 기포가 생기기 때문에 가끔 살펴보면서 찬물이나 얼음을 넣어 물이 끓어오르지 않도록 주의하며 30분 정도 굽는다. 대나무 꼬치로 찔러보아 달걀이 묻어나오지 않으면 완성이다.

오렌지소스를 먼저 만들어둔다. 오렌지 껍질은 안쪽의 하얀 부분이 없도록 얇게 깎아 실처럼 가늘게 채를 썰어 뜨거운 물에 살짝 데친다. 작은 냄비에 설탕 3큰술을 넣고 불에 올려놓은 뒤 오렌지를 넣는다. 오렌지가 부드러워지면 물 1컵을 붓고 불은 중불로 낮춘다. 조금씩 소리를 내며 끓기 시작하면서 전체가 오렌지색이 되면 불을 끈다.

틀에서 푸딩을 꺼낼 때는 재빠르게 하는 것이 무엇보다 중요하다. 용기 주위를 나이프로 두른 다음 커다란 접시를 뚜껑처럼 꼭 누르고 얼른 뒤집는다. 캐러멜이 똑똑 떨어질 정도로.

푸딩은 역시 집에서 만든 것이 제일 맛있는 것 같다.

판탈롱 재활용법

전혀 입을 기회가 없는 판탈롱이 몇 벌 있다. 통이 넓고 지금 유행하는 스타일이 아니지만, 편하게 입을 수 있고 마음에 들었던 옷이라 언젠가 다시 입을 기회가 있겠지, 하고 옷장에 잘 보관하고 있었다.

큐롯팬츠가 편하다고 즐겨 입는 친구가 있다. 나도 조만간 구입할까 생각하고 있던 참이었다. 그러다 문득 생각이 나서 옷장에 간직해두었던 판탈롱 중에서 은회색을 꺼내 무릎아래까지 잘라보았다. 단번에 싹둑 하고 자르는 것이 아니라 입고 거울에 비쳐보면서 바짓단을 조금씩 접어보았다.

조금 과감하게 무릎 정도까지 접어보았지만 내게는 어울리지 않았다. 몇 번을 반복해보니 무릎을 덮을 정도의 길이가 내게 맞는 것 같아 시접 넣을 부분을 남겨놓고 큰맘 먹고 잘랐다.

시접을 넣고 입어보았다. 칠부 판탈롱이 완성되었다. 큐롯팬츠와는 달리 통이 약간 불안정해 보이기도 했지만, 그것이 오리려 뭐라 표현하기 어려운 멋을 가져다주었다. 위에 입을 블라우스나 재킷, 구두를 맞춰보았다. 회색 구두와 이 칠부 판탈롱의 색을 맞춰보면서 "이 어중간한 분위기가 세련된 아름다움이지" 하고 혼자 중얼거리며 즐기고 있다.

이 칠부 판탈롱이 지금은 나의 멋쟁이 아이템 중 하나이다.

약

"열이 날 때 쓰도록 해." 하며 친구가 약국에서 주는 종이봉투 같  은 것을 주었다. 그리고 "열면 습기가 차니까 필요할 때 열어 봐." 하기에 약인 줄 알고 그대로 약상자에 넣어두고 며칠이 지났다.

감기라도 걸린 걸까, 머리가 무겁고 약간 열이 있는 것 같아 친구에게서 받은 봉투를 꺼내보았다. 약일 거라 생각했는데 뜻밖에도 종이에 전화번호가 적힌 메모가 나왔다.

"아플 때만큼 힘들 때도 없지. 나도 그랬었으니까 꼭 전화해."

이 약을 준 것은 어렸을 때부터의 친구다. 메모에 적힌 대로 바로 친구에게 전화를 걸었다. 오랜만에 친구의 밝고 생기 넘치는 목소리를 들었다. 우선 서로 소식을 전하지 못한 데 대한 사과를 시작으로 가족들과 친구들의 안부 등을 물으며 이야기에 열중했다.

전화를 끊기 전에 친구가 말했다.

"꿀에 레몬즙을 짜서 뜨거운 물을 부어 마시고 일찍 자."

그때 만든 뜨거운 허니 레몬이 얼마나 맛있었는지, 그리고 그보다 더 뜨겁고 따뜻한 친구의 배려에 가슴이 벅찼다. 머리가 가벼워진 것도 즐거운 수다 덕분일 것이다. 더없이 소중한 약이었다.

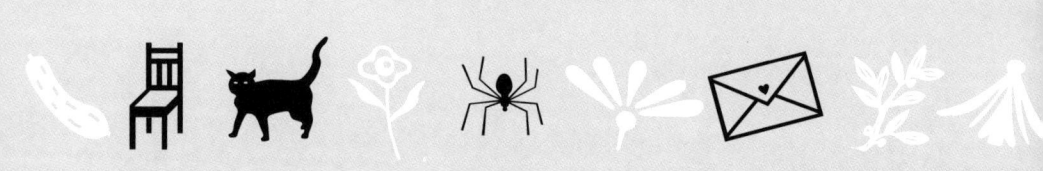

•••••••••••••••••••••••••••5월

보라색의 모험

리시안서스의 부드러운 보라. 뽕나무 열매처럼 붉은빛을 띤 보라. 제비꽃의 보라, 저녁 어스름 무렵의 바다처럼 푸른빛을 띤 보라, 창포의 깊은 보라.

한마디로 보라색이라 해도 밝고 진한 색 등 미묘한 차이가 있지만 어떤 보라색도 아름답기는 마찬가지다. 가지의 보랏빛과 보라색 양배추의 보라도 근사하다.

보라색은 왠지 사람을 끌어당기는 아름다움이 있는 것 같다. 며칠 전에 들른 꽃집에서도 빨강·하양·분홍 장미에 눈을 빼앗기면서도 결국 보라색 스타치스를 사가지고 나왔다. 부티크를 돌아볼 때도 문득 발을 멈추는 곳은 보라색이 프린트된 블라우스나 스웨터, 스카프이다. 하지만 보라색 옷은 입기가 무척 어렵다고들 이야기한다. 나도 예전에 스웨터나 원피스를 샀다 실패한 적이 있다.

그런데 얼마 전에 또 리시안서스 같은 보라색 베레모와 그와 비슷한 보라색 꽃무늬 스카프를 사고 말았다.

하얀 블라우스와 슬랙스를 입은 날, 약간 모험이란 생각이 들었지만 스카프를 살짝 보이게 매고 보라색 베레모를 썼다. 친구가 "어머, 멋지다" 하며 칭찬해주었다. 그런 칭찬을 듣는 것도 오랜만이었다.

지금까지는 블루나 에메랄드그린, 검은색과 흰색 옷을 즐겨 입었을 뿐 보라색에는 좀처럼 손을 대지 못했기 때문에 무척 기뻤다. 그리고 보라색을 사용할 때는 분량이 중요하다는 사실을 깨달은 것 같다. 조심스럽고 사양하듯 조금만 사용하는 것이다. 모자와 스카프였기 때문에 좋지 않았나 싶다.

그림을 전공하는 젊은 친구를 만나 이 이야기를 하자,

"그림을 그릴 때도 그래요. 나도 보라색을 무척 좋아하지만 보라색은 그 자체가 너무 아름답기 때문에 그림에 사용하기에는 두려운 색이라고들 해요. 사용할 때는 악센트가 될 정도로만 하지요."

화면 전체가 보라색인 그림을 보기 힘든 이유를 알 것 같았다.

파이 아라모드

"갓 구운 애플파이가 있는데 어떠십니까?"

웨이터의 말에 그만 주문을 하고 말았다.

"이런 계절이니 파이는 아라모드(a la mode, 케이크나 과자에 아이스크림, 생크림, 과일 등을 곁들인 것—역자주)로 할까요?"

이 또한 능숙하게 권하기에 그렇게 하기로 했다. 이윽고 뜨거운 밀크티와 갓 구워 아이스크림을 얹은 파이가 나왔다. 차가운 아이스크림이 파이의 단맛을 부드럽게 감싸주어 남김없이 먹을 수 있었다. 누가 이런 방법을 처음 고안해냈을까.

달콤한 파이와 차가운 아이스크림을 함께 먹으면 파이와 아이스크림 모두 맛이 배가 되니 신기하다. 커다란 파이를 받고 조금 싫증이 날 즈음 냉동실에 있는 아이스크림을 얹어 먹어보면 역시 파이와 아이스크림 맛이 되살아난다.

1 더하기 1은 2라지만, 이 경우는 1 더하기 1이 4 정도의 맛있는 효과가 있는 것 같다.

바람소리

아까부터 들리던 아이들의 노는 소리도 이제는 조용해졌다. 집 안이 텔레비전과 라디오도 껐다. 끓기 시작한 주전자의 불도 껐다. 이제는 아무것도 소리를 내지 않는다.

오후의 티타임을 준비한다. 홍차 캔을 열어 찻잎을 포트에 담고 뜨거운 물을 붓는다. 찰랑찰랑 뜨거운 물이 잎을 적신다. 찻주전자를 가볍게 흔들면 포트 안에서 들리는 작은 파도소리. 호박색이 된 차를 잔에 따른다. 이 또한 조용한 소리이다.

늘 바삐 끓이던 차였는데, 오늘은 여러 소리가 들린다. 주변이 어느 때와 달리 고요하기 때문일까. 뜨거운 차에 설탕이 슈욱 하고 녹는다. 우유를 넣어 마시면서 주변의 소리에 귀를 기울여본다.

저건 배가 출항하는 신호일까, 멀리서 기적소리가 울리고 신호가 바뀌었는지 일제히 자동차들의 엔진소리가 들린다.

문득 모든 소리가 사라질 때가 있다. 그리고 다시 커튼을 흔드는 희미한 바람소리, 작은 새들의 조심스러운 울음소리. 소리와 정적이 차례차례 일었다가 사라진다.

자연의 소리, 생활의 소리, 기계가 내는 소리, 사람들이 내는 소리.

〰️

텔레비전과 라디오를 끈 오늘 오후의 티타임은 너무나 고요해서 오랜만에 바람소리까지 들을 수 있었다.

셔츠블라우스

벌써 10년이나 입은 셔츠다. 2~3년 전부터는 소매끝이 닳기 시작해 어떻게든 해야겠다는 생각만 할 뿐 버리지를 못하고 있다.

여행을 갈 때면 계절과 상관없는 필수품이다. 이 셔츠가 있으면 혹시라도 격식을 차려야 하는 장소에 가게 되더라도 스스로 정돈되어 보이는 것 같아 늘 손에서 떼지 못한다.

봄이면 까만 슬랙스 위에 이 셔츠를 입다. 겨울에는 까만 터틀넥 스웨터 위에 셔츠를 입는다. 흔히 보는 앞에 단추가 달린 셔츠블라우스로 뉴욕에서 구입한 것이다. 남자 와이셔츠 같은 단정한 칼라에 소매가 그리 넓은 것도 아닌데 팔을 자유로이 움직여도 전혀 불편하지 않다. 진동이 넉넉하기 때문인지 재단이 좋은 건지, 기능을 중시하는 미국의 셔츠답다.

소맷부리에는 4센티 정도의 커프스가 달려 있다. 앞섶의 7개 단추와 커프스의 단추 모두 구멍이 네 개 난 흔한 조개단추다.

소재는 면이다. 까만 바탕에 흰색으로 그리스 문양이라고 하고 싶을 정도로 꽃과 새가 세밀하게 그려진 클래식한 분위기이다. 구입했을 때는 목면답게 당기면서 뻣뻣한 느낌이 있었지만, 워낙 오래 입다보니 어깨 부분이 거즈처럼 얇아졌다.

언젠가부터 이것이 마음에 걸려 세탁소에도 보내지 않고 직접 손빨래를 하고 있다. 천천히 눌러 빨아 손으로 두드릴 뿐이다. 세탁기에 돌리고 뜨거운 다리미로 자극을 주면 더는 버티지 못할 것 같아서. 면도 이렇게 오래되면 다리미라는 뜨거운 열과 무게에 세타 시 부분 실이 납작히게 눌려 힘겨워 보이다.

색도 검정과 하양이라 했지만 지금은 까만색과 흰색 모두 바래고, 또 두 가지 색이 서로 어우러져 마치 빛바랜 감색 유카타처럼 기름기가 빠진 무명천 같다.

이렇게 새삼 바라보니 늘 접혀 있는 깃의 안쪽 부분만이 제 색을 보전하고 있다. 이렇게 오랫동안 함께해준 것이 왠지 애잔한 느낌까지 든다.

이제는 잠시 쉬게 해야겠다 생각하며 얌전히 접어 옷장에 넣어두었다.

작은 가죽상자

 스위스에 다녀온 선물이라며 작은 가죽상자를 받았다. 안경을 넣는 케이스라고 한다.

폭이 9센티, 길이는 16센티, 깊이가 4센티 정도의 직사각형 상자로 뚜껑은 없다. 도시락 통처럼 보이기도 하는데 안쪽과 바깥을 모두 깊은 붉은색 가죽으로 쌌고 가장자리에는 금박의 작은 당초무늬가 있다. 안쪽 바닥에는 가죽과 같은 붉은색의 벨루어를 깔아 뚜껑이 없는 보석상자 같다.

바로 사용해보았다. 멋지고 아름다운 상자로 안쪽에 깔린 벨루어가 푹신한 것이 안전해 자꾸만 안경을 넣고 싶다. 돋보기를 사용하는 식구의 안경도 어느새 그 안경케이스에 넣기 시작해 언제나 두세 개의 안경이 들어 있다.

이 상자를 사용하고부터는 "내 안경 못 봤어?" 하는 말을 전혀 듣지 않게 되었다. 처음에는 사치스러운 물건이라는 생각도 들었지만, 매일 사용하는 것일수록 중요하다는 생각이 든다.

딸기주스

5월도 어느덧 중순. 이제 곧 딸기도 끝물이라 과일가게에서 예전에 보던 알이 작고 새빨간 딸기를 보면 왠지 안절부절못하여 마음이 급해진다. 기온에 따라서는 딸기 철이 일찍 끝나기도 하고 비 때문에 상하기도 해 걱정이 되기도 한다.

매년 딸기잼을 만드는데, 잼을 만들다 딸기주스 만드는 법을 터득하게 되었다. 이 주스를 서너 배의 물로 희석해 차갑게 마시면 6~7월의 더운 날에도 정말 기운이 되살아나는 것 같다. 그리고 무엇보다 차가운 우유에 섞어 마시면 딸기우유가 되는데 그 맛 또한 각별하다. 우유를 싫어하는 80의 어머니도 이 딸기우유는 맛있다며 즐겨 드신다. 잼을 만드는 것보다 훨씬 간단하다.

재료는 딸기외 딸기 분량의 70% 정도 되는 설탕이나.

딸기를 씻어 꼭지를 딴 다음 커다란 냄비에 담고 설탕을 부어 섞은 다음 그대로 5~10분 정도 둔다. 설탕 때문에 딸기에서 수분이 나온다. 그러면 냄비를 불에 올려놓는데 냄비 가득 물이 생겨 끓기 시작한다. 불을 중불로 조절해 그대로 뒤섞으면서 10분 정도 졸인 다음 불을 끈다. 체에다 거즈 같은 깨끗한 헝겊을 깔고 거른다. 다 거르고 즙을 힘껏 짜지 않는 것이 맛있는 주스를 만드는 비결이다.

깨끗하게 씻어 말려둔 병에 담아 냉장고에 넣어 보관한다. 여름이 끝날 무렵까지면 그대로 보관할 수 있다. 설날까지라면 여름이 끝날 무렵 불에 올려놓고 한번 더 끓인다.

남은 딸기는 색이 그다지 좋지 않지만 잼을 만들거나 설탕을 조금 넣고 끓여 보관하다.

메모하기

"그 아마낫토(팥·강낭콩·누에콩 등을 삶아서 달게 졸여 설탕에 버무린 것) 파는 곳이 어디라고 했죠? 다시 한 번 일러줄래요?"

 그분이 백에서 작은 노트와 연필을 꺼내며 물었다.

"지하철 히로스에역에서 내려서, 가게 이름과 정기휴일?"

내가 알려드리는 대로 꼼꼼하게 메모를 하며 말씀하셨다.

"요즘은 기억력이 없어서 내 머리를 믿지 않기로 했어요. 그래서 뭐든 여기에 적어두면 나중에 음― 뭐였더라, 하고 고민하지 않아도 되지요."

하며 예쁜 화지(和紙, 일본 종이)로 표지를 두른 수첩을 덮었다. 그분에게는 아주 소중한 물건 같았다. 60 가까운 분의 소녀처럼 앙증맞은 소지품이 흥미로워 내가 수첩을 보여달라고 했다.

손자 손녀의 이름에는 생일과 옷 사이즈. 당신이 입는 옷 사이즈. 백화점의 정기휴일 일람표와 전화번호. 간다에 있는 센베가게, 가마쿠라의 초밥집 등 맛있는 음식점과 가게에 관한 정보도 깔끔하게 정리되어 있었다. 그리고 뒤쪽에는 요즘 유행하는 것 같은 화제와 유머까지……

늘 화제가 풍부하신 것은 이 작은 수첩도 적지 않은 역할을 하는 것 같았다.

"저런, 내 비밀노트를 보여드리고 말았네."

그분이 수첩을 소중히 가방에 넣으며 말씀하셨다.

센 강의 그림자

강 밑에서 불빛이 떠오른다. 여왕님의 행차다.

불빛을 밝힌 배가 밤의 강 위를 흘러간다. 마치 불빛을 동반한 여왕님 같다.

이제껏 어두웠던 수면과 언덕, 언덕의 나무, 강가에 늘어선 건물과 주변을 감싼 공기마저 갑자기 무대의 등장인물이 된 듯 조명을 받는다. 불빛을 받은 강물에 건물의 모습이 비친다. 그림자 그림이다. 지극히 자연스럽게 그려진 그림이다.

수십여 개의 전등으로 장식한 배는 센 강의 유람선으로 그 불빛이 무대조명을 맡고 있다. 강기슭의 건물들은 그림자를 비쳐주는 스크린이 된다. 하얗고 대부분 6층 정도 되는 건물에는 나란히 창문이 나 있다. 조명과 스크린 사이에는 플라타너스가 서 있다. 연인끼리 찍은 사진이나 영화에서 자주 보는 커다란 플라타너스가 강기슭에서 하늘을 향해 뻗어 있다.

배가 움직이면 조명도 함께 움직인다. 조명이 움직이면 스크린의 플라타너스 그림자도 움직이지요. 낮에도 커 보이는 플라타너스는 아래에서 비치는 조명을 받아 건물 6층까지 그림자를 드리워 마치 유령처럼 술렁술렁 흔들리듯 움직인다. 나는 이것을 '센 강의 그림자 그림'이라 부른다.

얼마 전까지만 해도 마른 가지가 비치던 스크린에 지금은 연두색 잎이 풍성한 초여름의 나무가 비치고 있다.

하얀 수국

 해질녘 거리는 아직 여명이 남아 있어 해가 길어졌다는 것을 실감케 한다.

꽃가게 앞에 진열된 꽃들이 주변의 희미한 빛을 모두 모아들인 것처럼 환해 나도 몰래 발길을 멈추었다.

서양 수국을 심어놓은 화분들에는 멋진 핑크와 파란 꽃이 무거워 보일 정도로 소담하게 달려 있다. 그중에서도 유난히 눈에 띄는 것은 새하얀 꽃의 수국이다. 흰 꽃이 진한 녹색 잎들의 도움으로 다른 꽃들보다도 훨씬 아름다워 보인다.

어릴 적 집 마당에는 하늘색 수국이 많아 비 오는 날이면 툇마루에 앉아 자주 이 꽃을 바라보곤 했다. 수국은 다른 말로 자양화(紫陽花)라고도 하지만, 하늘색에서 보라색으로 미묘하게 변하는 꽃에 정말 잘 어울리는 이름인 것 같다. 그렇지만 그 마당에는 하얀 수국은 없었다.

작년 이맘때 프랑스인 댁을 방문할 일이 있었는데, 문득 생각이 나서 하얀 수국 화분을 사가지고 갔다. 장식적이지 않은 넓은 거실 한쪽에 놓인 사이드 테이블 위에 그 화분을 올려놓았다. 위쪽의 스탠드 불빛을 받아 하얀 수국은 빛을 발하듯 환하고 아름다웠다. 댁을 나오면서 나도 모르게 뒤를 돌아보며 이별을 아쉬워할 정도였다.

그 꽃은 지금 어떻게 되었을까. 넓은 정원에 옮겨 심어 뿌리를 내렸을까.

다시 수국의 계절이 다가왔다. 여기저기 울타리마다 넘치듯이 피어 있는 파란색과 보라색 꽃을 보며 발길을 멈추다 보면 이윽고 장마가 찾아온다.

햇감자 졸임

매년 햇감자가 나올 때면 늘 같은 생각을 한다. 올해도 감자가 그리 굵지 않을 때 통째로 졸여 먹었다.

평소에는 닭고기나 쇠고기 등을 함께 넣지만, 햇감자는 간장과 설탕 등으로 끈끈하고 진하게 감자만 졸인다. 얇은 껍질이 조금 남아 있지만 그것 또한 계산에 넣은 것이다. 속이 폭폭 하게 살진 감자는 진하게 껍질째 졸이는 것이 제격이다.

하지만 간단한 재료인 만큼 맛있게 졸이기는 생각처럼 쉽지 않다. 그래도 초여름이면 늘 먹고 싶어지는 반찬이다.

내 귀고리

지금 내게는 귀고리가 아주 중요한 액세서리이다.

요즘 들어 어쩐지 목 주변이 허전하다고 할까, 더 정확하게 이야기하면 목에 잔주름이 생기기 시작했다. 나이가 들었으니 어쩔 수 없는 일이기는 하나, 허전한 마음이 드는 건 어쩔 수가 없다.

그런데 신기하게도 귀고리 하나가 그 허전함을 날려주었다.

내가 즐겨 사용하는 귀고리는 전혀 고가의 것들이 아니다. 체리를 반으로 쪼갠 것 같은 플라스틱으로 된 것인데, 동그랗고 아무런 장식도 없는 그런 귀고리는 어디서나 쉽게 구입할 수 있고 가격도 그다지 비싸지 않다.

하양, 빨강, 그린, 노랑, 블루의 똑같은 귀고리를 가지고 있다. 빨간색 계통의 옷, 예를 들어 빨간색 스트라이프가 들어간 블라우스를 입을 때면 빨간색 귀고리를 한다. 진한 녹색 스웨터에는 에메랄드그린 귀고리. 연두색 원피스를 입을 때면 그린 귀고리를 한다.

또 때로는 모험도 즐긴다. 감색 원피스에 빨간 귀고리를 하기도 하는데 보색 효과도 있어 모던한 느낌이 든다.

하지만 그 어떤 색보다도 흰색 귀고리가 최고다. 어떤 옷에도 잘 어울리기 때문이다.

까만 터틀넥 스웨터에 흰 귀고리를 하면 모던해 보이고, 꽃무늬의 화려한 원피스에 흰 귀고리를 하면 청초함을 더해준다. 갈색 정장에는 화려함을 준

118

다. 흰색 마로 된 심플한 민소매 블라우스에 흰색 귀고리를 하고 흰 가방과 구두, 여름철 내게 가장 멋진 코디네이터이다.

거울을 보며 이 귀고리를 하면 뭐라고 해야 할까. 귀에서 목, 얼굴까지가 왠지 환해 마음까지 밝아진다.

예전에 비하면 차분해진 복장에 마음마저 가라앉게 되는 허전한 목 언저리에 하얀 꽃을 피운 것 같다. 귀고리는 40대부터 멋지고 소중한 액세서리인 것 같다.

아보카도

'생일 축하해'라고 쓴 작은 카드를 곁들인 상자를 받았다. 안에는 남국의 밤 이슬방울이 열매가 된 것 같은 진한 녹색의 아보카도 두 개가 들어 있었다.

아보카도는 악마의 열매라고 한다는 이야기를 들은 적이 있는데 정말일까. 어째서 이렇게 맛있는 열매에 그런 이름이 붙였을까 신기한 생각이 든다. 어쩌면 너무 맛있어서 그럴지도 모르겠다.

어디선가 읽은 적이 있는데 아보카도는 옛날에 스페인 신부들이 선교를 하면서 멕시코에서 캘리포니아로 가지고 갔다고 한다.

내가 처음 아보카도와 만난 것은 꽤 오래전에 미국을 여행할 때였다. 워싱턴에서 방문한 댁의 디저트로 나왔다. 세로로 두 쪽을 내 씨를 뺐고, 단면은 노랗다기보다 약간 녹색을 띠고 있었는데 버터처럼 끈끈한 느낌이었다. 설탕과 밀크가 곁들여 있었다.

"설탕과 밀크를 끼얹어 딸기우유처럼 드세요. 하지만 맛에 익숙해지면 레몬과 함께 드시는 것이 최고예요." 하고 안주인이 가르쳐주셨다. 처음 보는 과일이라 조심스러웠다. 스푼으로 딱딱한 버터 같은 안쪽을 조금씩 깎아내듯 으깨서 설탕을 솔솔 뿌린 다음 우유를 넣어 먹었다. 나중에는 배 모양의 껍질이 남았다.

처음 먹어본 차가운 아보카도는 뭐라 표현하기 어려울 정도로 새롭고 맛있어서 지금도 잊을 수가 없다.

처음으로 레몬과 함께 먹어보았다. 역시 설탕과 우유를 넣은 것과는 또 다른 맛이었다. 그러고는 아보카도를 아주 좋아하게 되었다.

아보카도는 세로로 두 쪽을 내서 씨를 돌려 뺀다. 씨를 빼서 옴폭 파인 곳에 머스터드를 티스푼 반 정도 넣고 레몬즙과 샐러드오일을 2티스푼씩 넣어 스푼으로 섞어가며 소금을 약간 뿌리거나 간장을 떨어뜨리는데 기호에 따라 레몬과 머스터드를 더 넣어도 된다. 어찌나 맛있는지 그대도 먹어도 좋고 토스트 등에 올려서 먹으면 그 맛에 푹 빠지게 된다.

또 반으로 쪼갠 다음 알맹이를 작은 절구에 담아 샐러드오일 1큰술과 약간의 소금 그리고 레몬 4분의 1을 짜서 넣고 살짝 갈듯이 섞는다. 전체가 섞이면 되기 때문에 꼼꼼하게 갈지 않아도 된다. 잘 섞은 다음 생크림 반 컵 정도를 넣고 다시 절구에서 섞는다. 기호에 따라 소금은 적당히 넣고 냉장고에 30분 정도 넣어둔다.

이것이 '아보카도 딥(dip)' 이다. 딥이란 오이 등을 찍어 먹는 쌈장 같은 것을 말한다. 아보카도 딥도 지금까지 먹어본 적이 없는 근사한 맛이다.

이 딥은 얇게 썬 토스트나 크래커, 고기 등에 바르거나 셀러리나 당근 등을 찍어 먹어도 맛있다. 오븐에 통째로 구운 감자에 바르는 것이 가장 맛있다는 사람도 있다. 기억해두면 식사기 더욱 즐거워질 것이다.

껍질을 벗기고 서너 조각으로 자른 다음 다시 얇게 썰어 양상추나 양파 등과 함께 마늘과 식초, 기름을 섞은 소스에 버무린 샐러드는 여름철 샐러드로 제격이라 할 수 있다.

생일에 받은 아보카도 두 개를 냉장고에 넣어 차갑게 했다.

투명한 유리접시에 토마토를 얇게 썰어 나란히 깐 다음 그 위에 아보카도를 세로로 반으로 자른 다음 씨를 빼고 네 쪽을 클로버 잎처럼 얹었다. 한가운데 다진 양파를 듬뿍 넣고 식초와 기름을 섞어 만든 소스를 차갑게 해 작은 유리잔에 담았다. 빨간 토마토와 노란빛을 띠는 연두색 아보카도가 식탁을 더욱 풍성하게 해주었다.

찾는 물건

진한 갈색 가죽에 폭 2센티 정도의 튼튼한 두 줄이 달린 숄더백. 가방 양쪽에 작은 압정 같은 쇠 장식이 두 개씩 달려 있고, 끈 아래에 구멍이 있어서 마치 단추를 채우는 것처럼 끈이 쇠 장식에 연결되어 있다. 끈이 고정되지 않고 단추처럼 걸려 있기 때문에 흔들릴 때마다 그 힘 때문에 줄이 조금씩 상했다. 쓰면 쓸수록 색과 광택이 나 무척 마음에 들어 하던 가방이다.

어느 날 문득 그 쇠 장식 하나가 느슨해진 것을 알았다. 하루에 한 번씩 그 단추처럼 생긴 쇠 장식을 시계태엽을 감듯이 감게 되었다.

그러다 얼마 전 친구 집에 가게 되었는데, 택시를 내려 2분 정도 걸어가다 문득 숄더백의 줄 하나가 풀어져 쇠 장식이 없어진 것을 알았다. 택시에서 내릴 때는 분명히 붙어 있었는데. 눈을 크게 뜨고 찾아보았다. 압정처럼 동그란 것이 아무리 찾아도 보이지 않았다. 다시 한 번 천천히 둘러보며 오던 길을 왔다 갔다 하며 찾았다.

그때 문득 어머니가 "물건을 찾을 때는 반드시 있다고 생각하며 찾는 거란다. 없다고 생각하면 찾질 못해." 하는 말이 떠올랐다.

다시 마음을 다잡고 택시에서 내렸던 곳부터 찾기 시작했다. 역시 눈에 띄지 않아, 장식을 못 찾는다면 오랫동안 마음에 들어 했던 백을 이젠 못 들게 되겠구나 싶었다. 그때 문득 발밑을 보니 하얗게 반짝이는 작은 것이 있었다. 설마 했는데 역시 내 가방의 장식이었다.

"물건을 찾을 때는 반드시 있다고 생각하며 찾아야 해."

만약 뭔가를 잊어버렸을 때는 이 말을 떠올리기 바란다. 나처럼 찾을 수 있을지 모르니까.

······6월

말의 중요함

병원에서 받은 처방전을 들고 약국으로 갔다. 시간은 12시 10분을 조금 지나 있었다. 약국에 들어갔지만 사람이 보이지 않다.

"안녕하세요"하고 일단 말을 걸어봤다. 점심시간이라 식사 중인가보다 하고 약국을 나오려는데 안쪽에서 약사가 나와 손에 든 처방전을 보고는 "병원 처방전이군요" 하며 종이를 받아 들고 조제실로 들어갔다.

"식사 중이셨나 본데 죄송해요."

내가 말했다. 식사 도중에 나온 것 같아 미안한 마음이 늘었다.

"아니에요. 점심은 세살 때부터 쭉 먹고 있으니까 괜찮아요."

약사가 약을 조제하며 말했다.

"세살 때부터⋯⋯." 맞는 말이네. 그 한마디가 즐겁고 안심이 되어 여유로운 마음으로 기다릴 수 있었다.

네다섯 명이서 아사쿠사고마카타에 미꾸라지를 먹으러 갔다. 2층에 올라가 미꾸라지와 우엉을 졸인 다음 달걀을 넣은 냄비요리를 먹고 나니, 잉어회와 초된장이 나왔다. 식초가 듬뿍 들어간 된장을 좋아하지 않는 나는 옆에 앉은 젊은 친구가 금세 접시를 비우는 것을 보고 내 것도 먹지 않겠냐고 물어보았다. 밝고 남자처럼 시원시원한 성격의 아가씨라 "네" 나 "좋지요" 하고 대답하지 않을까 싶었는데, 뜻밖에도 "그렇게 말씀하시니 사양 않고 먹겠습니다." 하며 내 몫의 잉어회를 정말 맛있게 먹어주었다.

사양 않고 먹겠다는 뜻밖의 정중한 대답이 왠지 기뻤다.

말은 정말 중요한 것 같다. 사람의 마음을 따뜻하고 부드럽고 즐겁게도 해주니 말이다.

튀긴 빵

식빵을 우유에 푸딩처럼 푹 적시거나 튀긴 빵을 즐겨 만든다.

그중에서도 '새우튀김 빵'은 맛있을 뿐 아니라 왠지 특별한 음식 같아 특히 좋아한다. 냉동새우를 사용하기 때문에 냉동실에 새우가 있으면 언제든지 만들 수 있다.

껍질을 벗긴 냉동새우 200그램을 녹여 키친타월 등으로 물기를 잘 닦는다. 그러고는 도마 위에 올려놓고 칼을 옆으로 눕혀 새우를 으깬다. 새우를 다 으깨면 이번에는 칼로 통통통 하고 다져 볼에 담고, 여기에 소금 2분의 1티스푼, 일본술 1큰술, 달걀흰자 한 개와 녹말가루 1티스푼을 넣어 반죽한다.

적당한 두께의 식빵 6쪽을 준비한다. 얇게 썬 빵이 좋을 것 같아 사용해보았지만 튀길 때 모양이 흐트러질 우려가 있다. 가장자리를 잘라낸 식빵에 나이프로 새우 살을 바릅니다.

약간 큰 프라이팬이나 중국요리를 할 때 쓰는 커다란 철제냄비에 기름을 붓고 튀김을 할 때와 같은 온도에서 새우를 바른 쪽을 밑으로 한쪽에서 살짝 밀어 넣는다. 잠시 지켜보다가 중불로 낮게 조절한다. 튀길 때 기름온도가 낮으면 빵이 기름을 빨아들여 맛이 떨어진다. 양쪽이 노릇노릇 구워지면 꺼내어 기름을 뺀 다음 네 쪽으로 자른다.

또 다른 메뉴는 '돼지고기와 피너츠 빵' 인데 이것도 무척 맛있다.

땅콩을 한 줌, 컵의 4분의 1정도를 준비해 가능한 한 잘게 부순다. 볼에 땅콩과 돼지고기 간 것을 200그램 넣는다. 여기에 달걀노른자 1개와 소금 1티스푼, 녹말가루 1티스푼 그리고 후춧가루를 약간 뿌려 잘 반죽한다. 빵은 새우떼처럼 보통 두께의 식빵 여섯 쪽을 준비해 가장자리를 잘라둔다.

달걀흰자를 잘 풀어 접시에 담은 다음 식빵 한쪽을 적신다. 식빵에 고기가 잘 붙도록 하기 위해서이다. 달걀흰자를 적신 곳에 양념한 고기를 나이프로 평평하게 발라준다. 튀기는 방법 역시 새우와 마찬가지로 고기를 바른 쪽을 아래로 해서 노릇하게 튀겨낸다. 역시 네 쪽으로 잘라 접시에 낸다. 갓 튀겨낸 빵의 맛이란 정말 각별하다.

모로코의 장미

모로코에 갔다.

아프리카 북서부에 있는 인구 3000만의 회교도 국가지만 우리에게는 나라보다 더 유명한 곳이 있다. 바로 카사블랑카.

카사는 집이란 뜻이고, 블랑카는 흰색. 그 옛날 스페인사람들이 대서양 해안가에 하얀 집들이 늘어선 것을 보고 그렇게 부르기 시작했다는데, 그보다는 이 도시를 배경으로 잉글리드 버그만과 험프리 보가트가 주인공으로 나온 영화 '카사블랑카'로 더욱 친근하다.

마라케슈(Marrakech)는 카사블랑카에서 200킬로 정도 내륙으로 들어간 사하라사막 끝에 있는 오아시스 도시이다.

흔들리는 차 안에서 세 시간, 마라케슈의 불빛이 보였을 때는 이미 밤이 깊어 있었다. 낮에 보는 풍경은 어떨까 궁금한 큰 길을 자동차가 달린다. 신호다운 신호도 없고 길가에 늘어선 커다란 야자나무가 어두운 그림자처럼 지나가, 이윽고 높은 벽들 사이에 나 있는 문으로 들어갔다. 이 일대는 예전에 술탄이 왕조를 세웠던 곳이다. 구시가지는 지금도 15킬로에 이르는 빨간 토담으로 둘러싸여 있다.

지금 막 지나온 아치형 문은 아마도 구시가지로 가는 입구의 하나겠지. 좁은 길을 어떻게 달려왔는지 차에서 내리니 다시 작은 문이 있고, 다시 어둠 속에 보이는 좁은 골목을 걸어 들어가는 미로 같은 곳이다.

"어딘가에 표시를 해두지 않으면 혼자서는 절대로 못 나올 것 같아요."

《알리바바와 40명의 도적》을 떠올리며 마중 나온 모로코인 친구에게 말했다.

"걱정하지 않아도 돼요. 해가 뜨면 알 수 있어요. 자, 다 왔어요."

벽의 일부처럼 꼭 들어맞게 닫힌 문의 안쪽은 오아시스였다. 바깥의 토담이 마치 거짓말 같은 별천지였다. 분수가 있고 나무가 있으며 사람들을 반갑게 맞아주는 불빛이 있는 곳이 안뜰일 것이다. 하얀 벽과 타일 건물이 회랑처럼 정원을 감싸고 있다.

비로 방으로 안내를 받고는 다시 흰 빈 눌렀다.

꽃향기.

램프 불빛 밑에 장미가 가득 담긴 바구니가 놓여 있다. 갓 피기 시작한 크고 작은 장미가 보릿짚으로 된 평평하고 커다란 바구니에 넘칠 듯 담겨 있다. 야생 장미이다. 너무 진하지도 달지도 않은 향기가 방안에 가득하다.

양손 가득 장미 줄기를 담아 올려보았다. 꽃봉오리가 100개는 될까, 아무리 퍼내도 바닥을 보이지 않을 만큼 많은 장미가 잔혹하게 느껴질 정도다. 꽃에 얼굴을 묻으니 꽃잎의 차가운 감촉이 향기와 함께 여행을 마치고 묘하게 맑아진 머리까지 올라온다.

다음 날에는 가까이 있는 커다란 시장으로 나가보았다.

어제 어둠 속에서 보았던 미로 같은 벽은 철이 녹슨 것 같은 색으로 자로 자른 듯이 짙은 그림자를 드리우고 있고, 햇빛을 받은 부분이 핑크 내지는 오렌지색으로 보인다.

두 사람이 함께 걸으면 어깨가 부딪칠 것 같은 미로처럼 좁은 길도, 집들의 녹슨 철색 벽과 두께와 높이도 태양열을 피하기 위한 것이라고 한다. 가까이 있는 사원에서 코란을 읽는 소리가 들린다.

시장에도 장미를 파는 곳이 있었다. 하얀 터번에 아라비아의 긴 옷을 입은 주름 깊은 얼굴의 할아버지가 장미수와 장미를 팔고 있었다. 당나귀에 싣고 왔을까, 엄청난 양의 장미송이이다. 그 꽃봉오리는 어디에서 왔는지, 어디에 피어 있는 들장미인지 물어보고 싶어도 말이 통하질 않는다.

지나가려는 나를 할아버지가 불러 세워 컵에 장미수를 따라주었다. '로즈 워터'. 음료수란 생각은 하지 못했다. 꽃 같은 향의 장미수는 병에 담은 레몬 수처럼도 보였지만, 향수라 생각하고 손에 적셔 몸에 뿌렸다.

며칠 지내는 동안 장미 꽃잎을 짠 장미수는 샐러드나 디저트의 향료가 되기도 하고 약으로도 쓰인다는 것을 알았다.

그곳에 머무르는 동안 방에서는 늘 장미향이 났다. 장미로 손님을 맞는 습관은 회교도에서 유래한 것인지, 아라비아의 것인지. 혹은 모로코만의 습관인지 아니면 이 오아시스에 모여 사는 사람들의 전통일까…….

이곳저곳 여행을 다니면, 세상은 넓고 서로 다른 풍토에 사는 사람들 모두가 다양한 방법으로 쾌적하고 아름답고 기분 좋게 살아간다는 생각을 하며, 그날도 장미향 속에서 잠이 들었다.

내 메모

책이나 잡지를 읽다 마음에 드는 글을 만나면 메모를 해두는 습관이 있다. 얼마 전 메모해둔 노트를 다시 읽어보다 지금 내 마음의 공백을 채워주는 글과 다시 만났다. 마음이 따뜻해지는 글이라 여러분과 나누고자 한다.

친구에게 들은 이야기인데, 차가 한 대밖에 지날 수 없는 산속 비포장도로를 운전 중이었다. 바로 앞에서도 낡은 차가 흙먼지를 풀풀 내며 달리고 있었다. 포장된 도로까지 가려면 아직 길이 멀었다.

한동안 앞서가던 차가 갑자기 도로 한편에서 멈춰 섰다. 뒤를 따르던 친구가 차를 세워 무슨 일인지 물어보았다. 그랬더니 앞서 달리던 사람이 말했다.

"문제가 있는 건 아니에요. 이제껏 당신이 내 차의 흙먼지를 참아주셨으니까, 이제부터는 제가 참으려고요."

마음이 따뜻해지는 뜻밖의 매너다.

……

보다 나은 예의범절을 익히기 위해서는 상대방의 예의범절도 받아들여야 한다. 누군가 내게 호의를 베풀면 나 또한 거기에 답해야 한다. 하지만 세상을 살다보면 누군가 베푼 친절을 의심쩍어하는 사람도 있다. 그런 사람들은 대가를 바라지 않는 호의를 받으면 불안해지고 만다. 그렇지만 인생에서 가장 값진 선물은 그렇게 얻어질 때가 많다. 저녁노을이나 티티새의 노랫소리 같은 건 돈을 주고 살 수 있는 것이 아니다. 자연이 우리에게 드러내는 호의인 것이다.

사랑을 보답이나 답례를 구하지 않고 담아 건넨다. 예의도 그런 것이다. 혹은 그런 것이어야 한다.

비파 씨

벌써 7년 전쯤인데 친구 집에서 규슈에서 보내왔다는 비파를 맛있게 먹은 적이 있다. 동그랗고 조그만 비파는 달고 향이 좋아 지금까지 먹어본 것 중에 가장 맛있었다.

"'비파 씨를 심어보세요. 이 비파와 똑같은 맛의 비파가 열릴 겁니다'라고 쓴 종이가 들어 있어. 이 씨 가져가서 한번 심어볼래? 우리 집은 알다시피 마당이 없어서."

친구의 권유로 비파 씨 세 개를 손수건에 싸가지고 와서는 아파트에 사는 친구 대신 마당 한쪽에 심었다. 그리고 한참 뒤에 사랑스러운 싹이 세 개 난 것을 발견하고, 가장 기운 있어 보이는 싹 하나만 남겨놓았다. 낙엽이 쌓인 땅이 좋았을까, 싹이 쑥쑥 자랐다. 해를 거듭할수록 키가 크고 굵어졌으며 잎도 무성해졌지만, 무심코 지나칠 때가 많았다.

작년이었다. 12월 초에 문득 보니 5미터 정도 자란 비파나무에 하얀 꽃이 잔뜩 피어 있었다. 추운 계절인데도 벌들이 꽃 사이로 요란스럽게 날아다녔다.

봄이 되니 나뭇잎 색과 똑같은 작은 열매가 열렸다. 드디어 비파가 열린 것이다. 6월이 되면서 색이 변하기 시작하더니 귀엽고 동그란 비파가 가지에 가득 달렸다. 7년 전에 먹었던 그 맛있는 비파와 다시 만나게 된 것이다.

규슈에서 가지고 온 비파가 도쿄에서 긴 시간을 지나 겨우 열매를 맺었다. 작지만 먹어보니 7년 전의 맛과 똑같았다. 자연의 신비로움과 놀라움 그리고 지난 7년의 시간을 떠올리니 왠지 눈물이 나고 말았다.

샐러드 접시에

샐러드의 계절이 돌아왔다.

샐러드를 마요네즈 등으로 버무릴 때는 그렇지 않지만, 식초와 오일을 섞은 프렌치드레싱의 경우는 마늘을 넣을 때와 넣지 않을 때의 맛과 향이 전혀 다르다. 하지만 가족 중에 마늘을 싫어하는 사람이 있어 마늘을 생략할 때가 많았다.

얼마 전에 프랑스인 댁에 초대를 받아 갔었다. 사람들 앞에 샐러드용 유리 그릇을 놓으면서 그 친구가 몇몇 접시에 마늘을 자른 단면을 접시에 바르고 있었다. 그 접시는 마늘을 좋아하는 사람들 앞에 놓였다. 그 접시에 샐러드를 덜면 마늘향이 퍼져 마늘을 넣은 드레싱을 먹을 때와 같은 맛이었다.

좋은 방법을 배웠다. 그 후로는 나도 샐러드를 만들 때면 접시에 마늘 즙을 발라내는데 가족들이 좋아한다.

삿포로의 라일락

초여름의 삿포로는 마침 라일락이 한창이었다. 공원이며 길가에 하얗고 보랏빛의 꽃이 바람에 나부껴 달콤한 향기가 감돌았다.

방문한 댁 마당에도 보라색 라일락이 활짝 피어 있었는데, 댁을 나설 때는 그 꽃을 꺾어 꽃다발을 만들어주셨다.

라일락을 안고 호텔에 돌아와 직원에게 꽃병을 빌려달라고 부탁하고는, 목욕탕 세면대에 물을 받아 라일락을 담가두었다. 푸른 잎과 보라색의 별같이 귀여운 꽃이 흠뻑 물을 들이마시고 생기를 되찾았다.

"내 인생은 라일락 같다, 반은 블루 반은 장밋빛."

세르주 라마의 샹송 '라일락 인생'의 한 소절인데, 세면대의 라일락도 반은 블루고 반은 장밋빛을 띤 싱그러운 보라색이다.

내 인생도 그렇지 않을까, 블루와 장밋빛, 어느 쪽이 더 많았을까 하는 생각을 하며 욕조에 물을 받아 목욕준비를 했다. 마침 꽃병이 도착했다.

꽃병에 꽂으려고 라일락을 드는 순간, 샤워커튼에 스쳐서 꽃잎이 후드득 욕조로 떨어지고 말았다. 그러고는 확하고 향기가 퍼져 순간 숨이 막힐 것 같았다. 욕조에 떠 있는 라일락꽃들이 빨간빛을 더해 진한 보라색으로 변했다.

깜짝 놀라 멍하니 있다가 서둘러 욕조에 몸을 담갔다. 가슴과 어깨에 작은 꽃들이 밀려와 달콤한 향으로 나를 감싸주었다.

클레오파트라도 이렇게 멋진 욕조에는 들어가지 못했을 거야 하고 생각하면서도 왠지 라일락이 가엾어지기도 했다. 잊을 수 없는 삿포로의 추억이다.

교토에서

섬세하고 때로는 어기찬 글을 쓰시는 오카베 이토코(1923~2008, 수필가) 씨의 교토 카모가와 강가에 있는 댁을 찾았다. 장마가 한창인 무더운 날이었다.

키 큰 나무가 담을 이루고 있는 조용한 댁 마당에는 나무가 싱그럽고 보랏빛 수국도 풍성한 꽃을 달고 있었다. 응접실에도 패랭이꽃이 꽂혀 있어 온 집 안에서 계절을 느낄 수 있었다.

파란 진 원피스 차림의 오카베 씨는 새벽까지 책상 앞에 앉아 계셨다는데 피로한 기색도 없이 밝고 건강해 보였다. 테이블에 앉자 화사한 붉은색 옻칠이 된 작은 그릇을 내오셨다. 안에는 춘란(春蘭)이 하나, 난이 들어간 차이다. 옅은 소금기에 꽃향기 가득한 차가 목을 부드럽게 씻어주었다.

"사찰음식의 나물 등을 담는 그릇이에요. 한자로는 료(豆)자와 子(자)자를 써서 '즈시'라고 하는데 이름도 예쁘지요?"

한 손에 들어갈 정도로 앙증맞은 크기이다.

"돌아가셨어요. 이렇게 예쁜 그릇을 남기고 41살이란 젊은 나이에."

노토반도의 와지마에서 무늬가 없는 붉은 칠기만을 만들던 온화한 장인을 잃은 것을 아쉬워하는 오카베 씨.

밥과 국도 그 사람이 만들었다는 붉은 칠기에 담고, 커다란 칠기에는 빵이나 과일 등을 담는다고 하셨다.

"입에 닿는 부분에는 천이 감겨 있어 닿는 느낌이 좋아요. 그림이 그려진 칠기보다 깊이가 있어 보여, 이 그릇에 담아 먹으면 마음이 차분해져요. 물건이 때로는 사람보다 친근할 때가 있습니다. 누구에게나 슬플 때가 있지요. 그럴 때 좋은 물건은 아무 말 없이 사람을 위로해준답니다."

한참 칠기에 대한 이야기를 한 다음, 연두색 소스 사이로 살짝 보이는 칡만두를 권해주셨다. 위에 얹은 소스는 누에콩으로 만든 것으로 오랫동안 여운을 남기는 맛과 향이었다. '수초의 꽃'이란 이름의 과자이다. 장마철 짧은 기간에만 교토의 일본 과자집에서 만드는 칡만두였다.

"교토는 아직 이런 배려들이 남아 있어요. 정성껏 살려고 한달까 생활한다고 한달까요, 사는 자세를 느낄 수 있어 기쁩니다."

"참, 그리고 두부. 교토는 정말 두부가 맛있어요. 가까이에 직접 두부를 만드는 곳이 있는데, 유리그릇 밑에 파란 잎을 한 장 깔고 얼음을 띄우거나 빨간 칠그릇에 얼음과 함께 담아, 손님이 오시면 과자 대신 내기도 해요. 옛날 방법 그대로 지금 막 만든 두부 맛을 살리기 위해 아무런 양념도 하지 않아요. 한다고 해도 간장과 레몬 혹은 생강 정도예요."

정성껏 그날그날을 살아가는 오카베 씨의 이야기에 시간이 지나는 것도 모르고 시원한 바람을 쏘이듯이 오래 머물고 말았다.

가모카와의 강물이 저녁 해를 받아 하얗게 빛나는 교토였다.

흰머리

"좀 마르셨어요?"

"글쎄, 그럴까요."

아까부터 전보다 훨씬 훤칠해 보이는 그분이 궁금해 여쭤보았다.

"어디가 바뀌셨는지…… 훨씬 멋지세요. …… 아, 알겠다, 머리 때문이군
요."

정확한 연세는 모른다. 연세에 비해 흰머리가 좀 많은 편인지도 모르겠다.
새하얗지는 않지만 짧은 커트머리에는 아름다운 서리가 내렸다.

"흰머리가 근사하세요."

진심이었다. 짧은 실버헤어에 검은 반팔 스웨터. 하얀 슬랙스에 하얀 샌들
차림이다.

여기에 머리를 까맣게 물들였다면 까만 스웨터나 하얀 슬랙스도 이렇게까
지는 빛을 발휘하지 못했을 것이다.

"처음에는 염색을 했었어요. 잠깐 병원 신세를 질 일이 있었는데 그동안
흰머리가 길어서 맘먹고 염색을 않고 짧게 잘랐지요."

"하얀 목걸이도 너무 잘 어울리세요."

"어머, 고마워요. 젊었을 때 하던 목걸이인데 의외로 잘 어울리는 것 같아서요."

구슬 정도의 커다란 알 목걸이가 젊은 사람의 목을 장식했을 때와는 다른 부드러움을 느끼게 했다.

그것도 머리 때문일까요. 잘 정돈된 흰머리는 연륜이란 신기한 힘을 간직하고 있는 것 같다.

작은 배려

평소 단것을 먹지 않는 친구지만 혹시나 해서 케이크와 초콜릿을 냈는데 뜻밖에도 맛있게 먹어주었다. 단것을 먹지 않는 친구였기 때문에 의외라는 생각이 들어 물어보니 친구가 말했다.

교외에 사는 친구를 방문했을 때였어. 그 집은 도심에서 전철로 1시간 정도 간 다음 다시 버스로 갈아타고, 내려서는 15분 정도 걸어야 하는 곳이어서 그날도 몇 년 만에 찾는 거였어. 오랜만에 만나 즐거운 시간을 보내고 돌아가는 길에 친구가 버스정류장까지 배웅을 하면서 그곳에선 장을 보기 무척 힘들다는 고충을 이야기했지.

"여간 힘든 게 아니야. 별거 아닌 것 하나 사려 해도 버스와 전철을 타고 옆 동네에 있는 슈퍼마켓까지 가야 되거든. 생크림 같은 건 금방 동이 나서 일찍 가지 않으면 없어진다니까."

친구 이야기를 듣고 문득 생각이 났어. 친구가 내 기호를 기억하고 향이 진한 커피에 설탕과 크림을 곁들여 내주었던 거였어. 그래서 최근에 단것을 안 먹기로 한 난 아무 생각 없이 블랙커피를 마셨던 거고.

친구는 진한 커피에 크림을 듬뿍 넣기를 좋아하는 내 기호를 기억하고 일부러 버스와 전철을 갈아타고 가서 생크림을 준비해두었던 거지. 그 일 이후로는 마련해준 것들은 그게 단것이든 뭐든 기쁜 마음으로 먹기로 했어. 나머지는 나중에 내가 조절해가면서 먹으면 되니까.

보리수 향기

아침부터 장대비가 쏟아졌다. 약속이 있었지만 이런 빗속이니 다른 날로 미루겠지, 하고 혼자 지레 짐작하고 있었다. 하지만 오히려 이런 날이 조용하고 가끔은 빗속을 걷는 것도 나쁘지 않지, 하는 친구의 전화에 서둘러 집을 나섰다.

약속장소는 도쿄 코마바공원에 있는 일본근대문학관이었다. 메이지시대의 문학과 작가들에 대한 특별전시가 열리고 있어서 친구 넷이서 보러 가기로 했던 것이다.

공원에 도착하니 울창한 나무가 어두운 그림자를 드리우고 젖은 나뭇잎이 빗물을 떨구고 있었다. 나 혼자였다면 이런 날씨니 분명 다음 날로 미루고, 그 다음 날이 또 다음 날이 되어 그대로 끝났을지도 모른다. 그런 생각을 하며 공원을 걷는데 문득 달콤한 향기가 코끝을 자극했다. 서향만큼 진하지도 않고 치자처럼 달콤하지도 않은, 여리고 어린 달콤함이라고 해야 할까, 그런 향기였다.

다른 세 친구도 걸음을 멈추고 그 향기의 출처를 찾는 얼굴이다.

그러고는 바로 곁에 있는 가지를 크게 뻗은 나무의 꽃향기란 걸 동시에 알았다. 한눈에도 50~60년은 되었을 법한 굵은 나무에는 '보리수' 라 쓰인 팻말이 달려 있었다. 비에 젖은 나뭇잎 사이로 보이는 가지에는 하얗다기보다는 상아색에 가까운 작은 꽃이 피어 일대에 산뜻한 향기를 뿜고 있었다.

"처음엔 네가 뿌린 향수인 줄 알았어."

한 친구의 이야기에 갑자기 지금까지 열심히 빗속을 걷던 긴장감 같은 것이 풀리며 떠들썩한 수다가 시작되었다.

문학관에는 직원 외에 우리밖에 없어 마치 전세를 낸 것 같았다. 모두 이런 날씨지만 오길 잘했다며 만족스럽고 행복한 기분이었다.

이제 곧 장마가 걷힐 것 같은 날이었다.

물방울무늬

상쾌한 바람이 얼마나 기분 좋던지, 여느 때 같으면 버스를 타고 갈 길을 나도 모르게 걷고 있었다.

오랜만에 나온 시내의 쇼윈도는 패션잡지에서 본 대로 물방울무늬가 가득했다. 그 무늬가 반가웠다. 귀여운 물방울무늬도 있고 부리부리한 눈으로 바라보는 것 같은 물방울도 있고, 긴 스커트에 마치 풍선처럼 커다란 물방울 세 개가 빨강 노랑 파랑으로 선명하게 그려 있기도 하다.

내가 젊고 다리가 조금만 더 길었더라면 이런 물방울무늬 스커트를 입고 맨발로 초원을 달렸겠지, 하는 생각도 했다. 유감이다, 하고 쇼윈도에 작별을 고하고 도로를 달리는 버스를 향해서도 기분 좋게 인사를 보내려던 참이었다.

왼쪽 쇼윈도에 토끼 두 마리가 물방울무늬 옷을 입고 즐겁게 놀고 있는 게 아닌가. '어머 토끼가 옷을 입고 있네'라고 말했지만, 자세히 보니 아니었다. 유모차와 아기 옷 그리고 침대 등을 파는 가게 앞에 놓인 토끼 인형이었다. 하얀 가구에 둘러싸여 빨간 물방울무늬 옷을 입고 있는 건 숙녀 토끼겠지. 긴 몸통과 다리, 또 분홍색일 긴 귀의 안쪽도 모두 빨간 물방울무늬고 나머지 머리와 귀와 앞발만은 부드러운 흰색이다.

또 한 마리, 몸집이 약간 크고 빳빳한 수염을 단 것은 분명 신사 토끼겠지.

온몸이 파란 물방울무늬고 목에는 흰 면으로 된 리본을 나비넥타이처럼 매고 까만 실을 꼬아서 만든 수염도 여간 멋진 게 아니었다. 보면 볼수록 신사다운 모습에 겨드랑이에는 신문을, 팔에는 까만 우산을 장식해주고 싶을 정도였다.

산뜻한 오후, 파리 거리에서 본 최고의 물방울무늬 상은 누가 만들었는지는 모르지만 이 토끼 커플에게 주고 싶다.

구두가게

건널목 옆에 있는 배나무가 아직 흰 꽃을 피우고 있을 무렵이었다. 배꽃에 시선을 빼앗기며 건널목을 건너고 있었다.

갑자기 발목이 휘청 흔들리더니 구두 뒤축이 떨어져나갔다. 발이 편해 늘 이 구두만 신었었다. 구두도 어지간히 지쳐있었나 본데, 여간 곤란한 것이 아니었다.

건널목 중간이었기 때문에 서둘러 뒤축을 주워들고 건넜다. 누군가를 만날 약속이 있었다. 어찌할 바를 모르고 절뚝거리며 역으로 향하고 있는데 누가 나를 불렀다. 돌아보니 야채가게의 젊은 아가씨였다.

"저기 구두가게에 가시면 금방 고쳐줄 거예요. 저도 언젠가 구두가 그렇게 됐었는데 금방 수리를 해주셨어요."

나를 부르는 소리에 처음에는 놀랐지만, 고맙다는 인사를 하고 서둘러 구두가게로 갔다. 역과 비스듬히 마주 보고 있는 작은 구두가게에는 아이들의 운동화가 진열되어 있었다.

"아, 이건 나삿니가 못 쓰게 되어 임시방편밖에 못하겠는걸요."

구두가게 사람이 대수롭지 않게 말하며 어디를 어떻게 고쳤는데 5분 정도 기다리니 뒤축이 원래 모습대로 돌아왔다. 그러고는 수선료는 필요 없다는 것이었다.

"완전히 고친 게 아니니까요."

하고 구두가게 사람이 말했다. 어떡하나 망설이다 눈에 띈 슬리퍼를 하나 집으려는데, 다시 구두가게 사람이 말하다.

"일부러 살 필요 없어요." 하더니 가게 안쪽으로 들어가버렸다. 매우 완고하게 들리는 말투였다. 그러고는 정말로 슬리퍼가 필요해서 그래요, 하고 큰 소리로 이야기하는 내 말에도 아무런 대답이 없다.

시간에 쫓기던 나는 할 수 없이 가게를 나와 조심조심 전철을 탔다. 그리고 무사히 그 구두를 신고 집으로 돌아왔다.

야채가게 아가씨와 구두가게 사람이 도와준 구두는 아직도 내가 애용하는 구두이다.

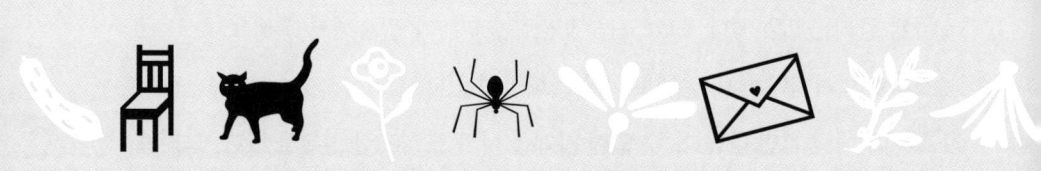

●●●●●●●●●●●●●●●●●●●●●●●●●●●●●●●●●●●●●●7월

Next Next

미국여행을 갔을 때다. 어머니를 대신해 어머니의 펜팔친구인 펄 데이비스 씨가 사시는 스프링필드를 방문했던 날을 지금도 잊을 수가 없다.

스프링필드는 보스턴에서 20킬로미터 정도 떨어진 서쪽에 있다고 해서 열차를 탔다. 로컬열차로 차 안이 목조였다. 드라마나 영화 등에서 가끔 볼 수 있는 70~80년 전의 객차 모습으로 의자와 창틀 모두가 나무였다. 열차는 서서히 한가롭게 달렸다.

한참 후 열차가 한 역에 노착했는데 역의 플랫폼이 없었나. 주변은 실과 밭이었다. 아메리카의 민속예술에 나올 법한 빨갛고 파란 지붕에 하얀 벽의 집들이 멀리 점점이 보였다.

경치를 보고 있는데 승무원이 열차에서 내려 까만 가방을 앞에 걸고 서 있다. 맞은편에서 할머니가 종종걸음으로 다가와 승무원과 이야기를 시작했다. 누군가가 휙 하고 휘파람을 불었다. 이어서 두세 사람이 또 휘파람을 불었다. 승무원이 휘파람 소리를 알아차리고 천천히 열차로 돌아와 열차는 다시 달리기 시작했다. 미국은 스피디한 나라라고 생각했는데 이렇게 한가롭게 달리는 열차가 있다니 먼 옛날로 여행을 하는 기분이었다.

보스턴을 떠나 한 시간 정도 지났을 때 승무원이 차내를 돌았다. 스프링필드까지 얼마나 걸리는지를 모르는 내가 부탁을 했다.

"스프링필드에서 내려야 하는데 처음이라 모르겠어요. 가까워지면 좀 가르쳐주시겠어요?"

열차는 잡목림과 파란 옥수수 밭의 평원을 서쪽으로 서쪽으로 달렸다. 30분쯤 지나자 파란 옷의 약간 통통한 아주머니 한 분이 미소를 띠며 다가왔다. 그러고는 갑자기 "넥스트 넥스트 넥스트 넥스트" 하며 손가락을 하나하나 세어 보이는 것이었다. 스프링필드까지 네 정거장이라는 것을 알았다. 나는 고맙다는 인사를 했다.

다시 열차가 역을 출발했다. 잠시 후 역시 약간 통통한, 넥타이에 흰머리의 할아버지가 지나가듯이 다가와서는 "넥스트 넥스트 넥스트" 하고 말을 거는 것처럼 이야기했다. 이제 세 정거장이라는 것이다.

또다시 열차가 역을 출발하였다. 역 주변에는 집이 20~30채 옹기종기 모여 있다. 열차가 여전히 천천히 평원을 달려간다. 스프링필드에는 점심때쯤 도착할 것이다. 잠시 후에 40~50대로 보이는 갈색 원피스를 입은 다정한 얼굴의 여자가 내 앞을 지나가며 "넥스트 넥스트" 하고는 다음 객차 쪽으로 지나갔다.

열차가 다음 역을 떠나 또 한동안 달렸다. 그러자 이번에는 백발의 할머니가 생글생글 웃으며 다가와 손가락으로 열차 앞쪽을 가리키며 커다란 목소리로 "넥스트" 하고 말해주셨다.

나는 너무도 행복해졌다. 눈물이 번져 코끝에서 떨어졌다.

"탱큐."

나도 커다란 소리로 말하고 깊숙이 고개를 숙여 인사를 한 다음 역에서 내렸다. 그리고 옥수수 잎이 흔들리는 저편으로 열차가 사라지는 모습을 배웅

했다.

10여 년 전 미국을 여행하며 가장 가슴에 남았던 일이다.

여름 수프

'감자와 파로 만든 차가운 수프'를 여름메뉴로 소개하고 싶다.

처음 이 수프와 만나 그 맛에 깜짝 놀랐다. 그 후론 여름철이 되면 곧잘 만
드는 요리가 되었다.

프랑스식 수프인데 만드는 법을 익혔을 때는 무척 기뻤다. 방법이 이렇게
간단한데 그런 맛이 나올까 염려스러웠지만, 만들어보니 걱정할 필요가 없었
다. 그러고는 몇 번을 만들어도 매번 맛있는, 실수를 하려고 해도 실수할 수
없는 수프이다.

재료는 딱 세 가지. 보통 크기의 감자 세 알과 대파 6뿌리, 그리고 생크림 1
컵 반이 전부이다.

파는 하얀 뿌리 부분만 잘게 다져두고, 감자는 껍질을 벗겨 서너 쪽으로 자
른 다음, 5밀리미터 정도의 두께로 썬다. 크고 두꺼운 냄비에 버터 두 큰술을
녹여 다진 파를 볶는다. 파가 나긋나긋해지면 감자를 넣고 위아래로 섞으면
서 볶는다. 태우지 않도록 조심해야 한다.

다 볶아서 맛있는 냄새가 나면 물 6컵과 소금 1티스푼을 넣고 파와 감자가

부드러워질 때까지 끓인다. 30분 혹은 조금 더 걸린다. 다 끓으면 서둘러 감자
와 파를 체에 거른다. 그리고 얼음물 등에 띄어 차갑게 식혀준다. 대충 식으면
생크림을 붓고 국자 등으로 저으면서 더욱 차갑게 한다.

더위에 지친 날, 식욕이 없을 때 이 수프를 먹으면 기운이 난다.

하얀 봉투

얼마 전 여자친구 다섯 명이 점심 초대를 받아 호텔 레스토랑에서 식사를
했다.

호텔 로비에서 만나 위층에 있는 레스토랑으로 들어가면서 점심을 초대한
친구가 계산대로 가서 직원에게 하얀 봉투를 건네며 말했다.

"돌아갈 때 받을게요, 이걸로……."

문득 보게 된 친구의 행동에 무슨 일인가 했지요. 별 생각 없이 안쪽에 마
련된 테이블에 앉았다. 맛있는 식사와 즐거운 대화로 금방 시간이 지났다.

식사를 마치고 레스토랑을 나오면서 아까 그 하얀 봉투를 떠올렸다. 친구
가 얼른 계산대로 갔다.

"여기 있습니다, 이미 끝내두었습니다."

계산대에 있던 직원이 하얀 봉투를 돌려줍니다.

"식사가 아주 맛있었어요."

친구가 인사를 하며 봉투를 받고 나왔다. 그 시간은 채 1분도 걸리지 않았다.

몇 사람이 함께 식사를 마치고 계산하는데 시간이 걸리면, 대접을 받은 사람은 그 시간이 불편하고 무료할 수 있다. 그것을 미리 짐작하고 생각해낸 친구의 멋진 '하얀 봉투 작전.' 음식보다 더 인상적이었다.

천연염색

두툼한 목면을 천연염색하였다.

청색이랄까 옥색이랄까, 흔히 볼 수 있는 쪽빛과는 달리 아주 조금 노란빛을 띤 쪽빛에 흰색의 크고 작은 나비가 무리를 지어 날고 있다.

쪽빛이 멋스러운 데다 나비무늬가 사랑스러워 천이 놓인 곳을 두세 번 왔다 갔다 하다, 어디에 쓸지도 모르면서 그 색에 반해 결국 사고 말았다.

가게 주인이 종이에 싸면서 이 쪽빛은 옛날 방식 그대로 물들인 거라고 다짐을 하듯 말했다.

랩스커트도 좋지만 원피스를 만드는 것도 특이하고 멋있을 것 같다는 결론이 났다. 여동생은 쿠션커버를 만들고 싶어 했다. 기모노의 오비도 만들고 싶고 긴 원피스도 만들고 싶어 고심에 고심을 한 결과, 매일 즐겨 입을 수 있도록 재킷처럼 넉넉한 셔츠블라우스를 만들기로 했다.

결과는 성공적이었다. 엷은 베이지나 회색 슬랙스에 이 개성적이고 부드러운 쪽빛이 정말 잘 어울린다. 슬랙스를 자주 입는 내게는 허리를 덮을 정도의 길이에 사람이 한 명 더 들어갈 수 있을 만큼 넉넉한 셔츠블라우스는 입기 편할 뿐 아니라 무척 세련되어 보였다.

왼쪽 가슴에 주머니를 달았다. 거기에 어떤 날은 오렌지색 또 어떤 날은 연두색 손수건이나 엷은 보라색의 작은 스카프를 넣어 꽃송이처럼 살짝 내보인다. 모두 이 쪽빛과 어울려 화사함을 더해주는, 내가 멋을 낼 때 가장 즐겨 입는 옷이 되었다.

상자 속의 단추

작은 상자 속에 단추가 꽤 쌓였다.

어느 옷엔가 달 수 있지 않을까 싶어 사가지고 온 단추, 구입한 옷에 딸린 여벌단추, 이제는 못 입게 된 옷이지만 색이나 다자인이 맘에 들어 떼어놓은 단추, 다양한 크기와 모양의 단추가 상자 속에 가득하다.

어제 오랜만에 요코하마의 모토마치에 갔다. 여름을 알리는 화사한 쇼윈도에서 어깨에 메는 작은 포셰트가 눈에 띄었다. 가로 10센티, 세로 14센티 정도의 포셰트 전체에 단추가 달려 있었다. 가장자리부터 하나하나 단 모양인데, 크기와 모양, 색이 아름다운 조화를 이루어 마치 작은 추상화 같은 디자인이었다.

빨강, 하양, 노랑, 회색, 파랑, 금과 은 등 같은 것이 하나도 없다. 바탕인 천이 보이지 않을 정도로 전체가 단추다. 그리고 깜장과 은색의 줄이 숄더백 정도의 길이로 달려 있다. 파티용 포셰트일까.

어느새 가득 모인 내 작은 상자의 단추들로 어서 뭔가를 만들고 싶어진다.

비 오는 날의 파리 축제

아사히신문 석간을 보다 아래 기사가 눈에 띄었다.

일본의 샹송가수가 프랑스혁명 기념일을 축하하며 여는 파리제가 올해로 20회를 맞이한다. 도쿄도와 파리시가 우호도시 관계를 맺는 조인식이 혁명기념일에 파리에서 열리게 되어, 예년보다 더욱 성대하게 치러질 예정이다.

(중략)

파리제는 샹송가수 이시이 요시코 씨의 공헌이 크다. 이시이 씨는 일본샹송가수모임을 만들어 이곳을 주최측으로 하여 파리제를 시작했고, 샹송콩쿠르를 열어 가수를 육성했다. (중략)

처음에는 기념일 당일 도쿄 히비야 야외음악당에서 열려 여름철을 장식하는 하나의 행사로 호응을 얻었으나, 우천으로 인한 고생 등으로 16회부터는 히비야공회당으로 자리를 옮겨 열게 되었다. (중략)

야외음악당에서 열렸던 이 상송의 밤에 나도 해마다 갔었다.

석양이 남아 있던 하늘에 어느새 땅거미가 지고 노을 진 구름도 사라지고, 자리를 고르는 동안 무대조명이 환하게 밝아오면 멋진 사회로 근사한 공연이 시작된다.

히비야공원은 이미 어둠 속에 갇혀 있고 나무 사이를 오가는 기분 좋은 바람과 멀리 번화한 긴자의 자동차소리가 밀물처럼 들려온다. 밤하늘의 별을 헤아릴 수 있을 때쯤이면 음악회도 절정에 이른다. 정말이지 여름철의 멋진 야회음악회였다.

어느 해인가 파리제가 열리던 때였다. 오랫동안 기다리던 날인데 오후부터 비가 억수같이 쏟아졌다. 잠깐 내리는 소나기도 아니어서 5시 반이 지나도 비가 그치지 않았다. 결국 음악회는 연기되었다.

다른 일이 없던 날이라 왠지 빗속의 히비야공원이 보고 싶어졌다. 그래서 우산을 받쳐 들고 공원으로 가보았다. 넓은 공원에는 사람들도 거의 없고 굵은 빗줄기는 여전히 그칠 줄을 몰랐다. 곳곳에 물웅덩이가 나 있고 그곳에 비의 흔적이 무수한 점이 되었다가 사라지기를 반복했다.

음악당에 도착하니 우산을 든 여자가 혼자 서 있었다. 자세히 보니 이시이 요시코 씨였다. 다가가 인사를 하니 이시이 씨가 말했다.

"혹시라도 이 빗속에 음악회에 온 분이 있을까 해서요. 아무도 없으면 너무 죄송하잖아요……."

신문기사를 읽으며 나도 빗속에서 만난 이시이 씨 이야기를 하고 싶어졌다.

어떤 디저트

디저트는 뭐가 나올까 잔뜩 기대하고 있었다.

어느 토요일, 뉴욕의 아는 분 댁에서 기분 좋은 식사를 하고 있었다. 처음에는 차가운 콩소메 젤리를 레몬즙과 곁들여 먹었다. 다음에는 로스트비프. 알맞게 구운 고기가 맛있어 접시를 깨끗이 비우고 더 먹었다.

직업을 가진 주부가 주말에 지인들을 불러 여는 식사초대이다. 손이 많이 가는 음식을 하려면 아무래도 번거로운 마음이 앞설 텐데.

하지만 그날 나온 음식은 격식을 차리지 않은 매우 편안한 마음으로 즐길 수 있는 것들이었다. 그래서 그런 식사는 어떤 디저트로 마감이 되는지 무척 궁금했다.

이윽고 등장한 것은 커다란 유리 볼에 눈이 번쩍 뜨일 것 같은 과일펀치였다. 하얀 테이블클로스 위에 화사하게 장식된 꽃바구니를 보는 것 같았다. 딸기의 빨강, 녹색의 멜론. 또 옅은 호박색의 칸탈루프(cantaloupe) 멜론. 버찌, 파인애플, 바나나, 포도. 과일이 풍성한 나라답게 그 과일들을 아낌없이 사용한 디저트였다. 산뜻하고 호화로운 모습에 그저 눈이 커질 뿐 말도 제대로 나오지 않았다.

과일은 알맞게 차가웠다. 그리고 모두 적당한 크기로 잘랐다. 멜론은 동그랗게 스푼으로 도려내 커다란 사탕 같고, 포도는 껍질을 벗겨 투명하다. 유리로 된 예쁜 그릇에 덜어 먹었다.

약간 새콤한 사과, 입에서 금방 녹을 것 같은 잘 익은 멜론. 미끈하고 달콤한 바나나. 섬유질을 확인할 수 있는 새콤달콤 파인애플. 과일들에서 빠져나온 과즙의 혼성합창이랄까, 이렇게 맛있는 과일펀치는 처음이었다.

미국에 가서 식사초대를 받을 때마다 느끼는 것은 모두가 연출이 뛰어나다는 것이다. 어딘가에 반드시 그 사람만의 연출이 있다.

생각해보면 콩소메젤리는 캔 제품이다. 하지만 여기에 레몬즙을 듬뿍 끼얹어 신선함을 연출한다. 로스트비프는 오븐에 넣어 시간을 맞춰두고 알맞게 굽는다. 오늘의 요리사는 제철과일을 어떻게 하면 즐겁게 먹을 수 있을까 고심했음이 틀림없다. 그리고 그녀의 연출은 성공적이었다. 자르거나 껍질을 벗기는 번거로움도 없이, 맘껏 골라 스푼으로 뜰 때마다 식사 테이블에 화사한 대화를 더해주었다.

참매미

8월이 가까워지면 해마다 간절한 마음으로 불안하게 기다리는 소리가 있다. 올해도 그 소리를 들을 수 있을까, 듣지 못하고 끝나는 건 아닐까 하고. 작년에도 불안한 마음이 절정에 달했을 무렵, 쾌활한 울음소리가 들렸다. 아 다행이다, 무사했구나 하고 가슴을 쓸어내렸다. 바로 참매미 소리이다.

도심 한복판의 주택가에 여름이 무르익으면 한 마리의 참매미가 나타난다. 그 울음소리가 내게는 한 마리의 울음소리로만 들린다. 두세 마리가 함께 부르는 합창일까 하고 아무리 귀를 기울여 들어봐도, 똑같이 울어댄다. 더위가 기승을 부리는 8월 중순경이면 울기 시작한다.

도쿄 한복판이니 매미 수가 대단히 적어 유지매미나 쓰르라미 소리도 듣기 힘들다. 그런데 이 유장한 참매미만이 대견하게도 목숨을 이어가고 있는 것이다. 참으로 놀라운 일이다.

이렇게 해마다 한 마리의 참매미가 태어나니 소리를 낼 수 없는 어미매미도 어디엔가 있었겠지. 여름을 알리는 심부름꾼이 이런 도심 한가운데 열악한 환경 속에서 이렇게 거듭 태어나 맴맴맴맴 하고 즐거운 여름노래를 들려준다. 이 참매미 소리를 더 이상 듣지 못하게 되면 이윽고 사람들도 살기 힘든 곳이 되겠지.

올해도 8월이다. 두근거리는 마음으로 참매미 노랫소리가 들리는 날을 손꼽아 기다리고 있다.

쪽빛 옷

지금껏 감색 옷을 입고 싶다는 생각을 한 적이 없었다. 그러다 어느 날 문득 어떤 연유였는지 감색이랄까, 짙은 쪽빛 옷을 입어볼까 하는 생각이 들었다.

어째서 지금까지 입을 생각을 안 했을까 곰곰이 생각해보니, 학창시절 몇 년 동안이나 매일 감색 교복을 입었던 기억 때문에 유니폼 색이란 이미지가 아직도 남아 있었던 것 같다.

진한 쪽빛의 올이 성긴 목면 천을 만났다. 가장 간단한 디자인인 헐렁한 원피스를 만들었다. 그러니까 박스 같은, 허리를 넣지 않은 기다란 봉투 같은 모양이 되었다. 치맛자락만 폭이 좀 넓은 65㎝ 정도. 기모노처럼 옷을 갤 때도 간단하다. 목은 약간 파이게 도려내고 같은 천으로 바이어스테이프를 둘렀다. 소매는 반팔보다 약간 짧게.

악센트라면 커다란 사각형 주머니를 앞에 달았다. 뒤트임 옷으로 이보다 더 심플하기 힘들 정도로 단순한 디자인이다.

그런데 이 쪽빛 옷을 입으면 내가 봐도 근사하다. 지금껏 아무런 말도 하지 않던 사람들도

"와, 멋지다!"

"그 옷 무척 잘 어울려요." 하며 칭찬을 해준다.

왜 그런지, 어느 날 커다란 거울 앞에 서서 찬찬히 바라보았다. 그리고 이유를 알 것 같았다. 소매 밑의 팔이 생기가 있어 보인다. 양 팔이 쪽빛을 배경으로 춤을 추듯 아름다워 보인다. 얼굴도 분명하고 화사해 보인다. 쪽빛이 입는 사람의 살갗을 아름다워 보이게 해주었다.

그리고 감색과 블루는 흰색이나 빨강, 보라색, 오렌지색 등 어떤 색의 스카프나 목걸이와도 잘 어울렸다.

나는 멋있어 보인다 싶으면 한동안 그 옷이나 컬러에서 벗어나지 못하는 경향이 있다. 올해는 블루와 쪽빛의 매력에 푹 빠져 지내게 될 것 같다.

새빨간 플라스틱구슬 목걸이를 세 줄로 걸고……, 흰색 등 밝은색 옷이 눈

에 띠는 여름, 이 쪽빛 옷이 오히려 신선해 보일 것 같다. 지금까지 쪽빛이나 블루로 된 옷을 입지 않았던 것이 후회스럽다.

밤하늘의 색

즐거운 대화로 뿌듯한 마음에 올려다본 하늘은 무슨 색이라 불러야 할까.

휴가를 내고 미국에서 온 친구와 함께 생미셸의 작은 레스토랑에서 식사를 마치고 나와 바라본 하늘이다. 차가운 공기에 맞은편 교회 첨탑에는 하얀 초승달이 걸려 있고, 달 왼쪽 편에는 작은 별이 하나. 달이 하얗게 빛나는 것도 별이 다이아몬드처럼 보이는 것도 이 밤하늘 때문이겠지.

갑자기 신이 나고, 뛰어올라 두드리면 멋진 소리로 울릴 것 같은, 흐릿했던 머릿속까지 명료해진 것 같다. 조금 전까지 날씨가 나쁘다고 투정을 부린 것이 미안할 정도였다.

미국에서 온 친구에게 물어보았다.

"지금 저 하늘색을 영어로는 뭐라고 해?"

"글쎄……, 어려운걸. ……미드나이트 블루란 말이 있긴 한데……."

"시계 가지고 있니? 지금 몇 시야?"

"11시가 조금 지났어……."

카페가 줄지어 있는 생미셸 번화가로 나오니, 카페테라스에서도 사람들이 모여 하늘을 올려다보며 뜻밖의 선물 같은 이 시간을 즐기고 있었다.

기차여행

아직 아침햇살이 낮은 언덕을 비출 무렵, 오스트리아 빈행의 급행열차가 파리를 출발했다. 이제 2박 3일 58시간 동안 열차를 한 번 갈아타고 그리스 남쪽까지 갈 예정이다.

오랜만에 하는 기차여행이 기뻐 아침 일찍 일어나 도시락을 쌌다. 달걀을 완숙으로 삶고, 어제 소금과 후춧가루를 뿌려 오븐에 구운 닭다리는 피클과 함께 하나씩 알루미늄 호일로 쌌다. 그리고 오렌지와 남은 과일의 설탕절임, 비스킷, 초콜릿, 빵. 그리고 냅킨과 나이프와 포크를 모두 장바구니에 담았다.

장에 갈 때면 언제나 들고 가는 입이 넓고 짚으로 된 바구니는 이런 여행 때도 매우 편리해 기차를 타고 바로 필요한 시각표나 가이드북, 지도, 그리고 세면도구, 카디건, 갈아입을 블라우스와 속옷, 스카프 등도 넣었다.

여권과 티켓, 지갑, 카메라로 꽉 찬 숄더백. 편안한 셔츠에 슬랙스 차림의 여행이다.

파리를 떠난 기차가 동쪽으로, 동쪽으로 프랑스를 횡단해 독일과의 국경을 향해 달렸다. 창밖은 어느새 끝이 보이지 않는 밭이 펼쳐진 전원풍경이다. 하늘을 향해 쭉쭉 뻗은 포플러 가로수. 하늘은 높고 솜을 펼쳐놓은 것 같은 구름이 천천히 흘러간다.

이윽고 열차가 지붕 위에 수탉 모양의 풍향계를 달고 적갈색 기와지붕과 창가 가득 꽃으로 장식한 집들이 반가운 독일로 들어섰다. 파리에서 약 5시간, 처음 도착한 독일 역에서 기관차를 바꾼다. 독일에 도착했음을 알리는 것은 약간은 딱딱하게 들리는 독일어 안내방송뿐이다.

12시가 조금 지나자 같은 칸에 함께 탄 승객들이 점심식사를 시작했다. 한눈에도 농가 출신으로 보이는 할아버지와 그 딸인 젊은 엄마, 그리고 다섯 살 정도의 여자아이 일행이다. 세 사람이 참 많이 닮았다.

프랑스빵에 살라미(salami) 소시지를 끼운 긴 샌드위치가 보스턴백에서 마술처럼 계속 나와 입속으로 들어간다. 보기만 해도 즐거운 모습이다. 그리고 마지막은 역시 가방에서 나온 커다란 병에 든 사과주스.

또 한 승객은 깜장 스웨터에 빨간 바지 차림의 여대생일까. 비스킷과 치즈를 먹고 파란 사과를 아삭아삭 기분 좋은 소리를 내며 씹으며 읽던 책으로 시선을 돌린다.

두 시간 반, 라인 강을 넘어 슈투트가르트에 도착했다. 세 시간을 기다렸다 아테네행 급행열차로 갈아타야 한다. 보관함에 짐을 넣고 가벼운 발걸음으로 역사를 나왔다.

❧

알지 못하는 도시에서의 세 시간. 뭘 하면 좋을까 멍하니 역 앞에서 지나가는 사람들을 바라보고 있는데 땡땡땡 하는 벨소리와 함께 노란 전차가 내 앞에서 멈췄다. 승객도 별로 없어 얼른 올라탔다.

동서남북도 모르고 말도 통하지 않는 곳이지만, 유럽의 작은 마을이니 종점까지 갔다가 다시 돌아와도 한 시간이면 충분하지 않을까. 노면전차를 타고 마을 구경을 나섰다.

가족들과 함께 나온 사람이 많은 것 같다. 번화가의 쇼윈도를 들여다보는 사람들. 어쩐지 한가로워 보인다 했더니 오늘은 일요일이다. 두 곳에 사람들이 모여 있기에 자리에서 일어나 보니 아이스크림가게와 소시지를 파는 곳이었다. 소시지 굽는 냄새가 전차 안까지 번지니 그대로 지나칠 수는 없었다. 다음 역에서 내려 사람들이 모여 있는 곳으로 돌아갔다.

서너 개의 소시지를 하나로 만든 것 같은 커다란 프랑크 소시지가 뜨거운 철판에서 지글지글 소리를 내고 있다. 나도 줄을 서 손님이 되었다. 시큼한 머스터드를 듬뿍 발랐을 뿐인데 어쩌면 이렇게 맛있는지. 더 먹고 싶었지만 포크뿐인 데다 너무 커서 포기했다.

그런데 역으로 돌아가는 길에 작은 레스토랑 쇼윈도에서 초절임한 청어 샌드위치를 보고 말았다. 그냥 지나칠 수가 없어서 이것도 하나 먹고 말았다. 단팥빵 크기의 동그란 빵을 갈라 양쪽에 버터를 듬뿍 바르고 청어도 약간 짭짤한 것이 알맞게 절여졌고, 동그랗게 썰어 넣은 양파가 생선 비린내를 없애주었다. 열차 내에서 먹을 저녁식사로 하나를 싸달라고 해서 가지고 왔다.

여행지에서 먹은 음식은 가이드북에 나와 있는 레스토랑도 좋지만, 이렇게 그곳 사람들과 함께 줄을 서서 이름도 모르는 음식들을 손짓과 몸짓으로 사서

164

먹는 것이 나중에도 훨씬 기억에 남는 것 같다.

슈투트가르트, 뮌헨, 잘츠부르크……. 한밤중에 눈을 떠 바라본 오스트리아의 하늘은 별이 총총하고 벌레 우는 소리가 기차 안까지 들렸다. 그리고 건초 냄새까지도.

다음 날 아침에는 이제는 분리국가가 된 유고슬라비아였다.

풍경도 달라져 끝없이 펼쳐진 옥수수 밭에 햇빛이 찬란하다. 옥수수 밭이 끝나자 이번에는 지평선 저 멀리까지 해바라기가. 수십만 송이의 노란 꽃이 크고 작은 키 차이는 있으나 모두 같은 각도로 목을 돌려 태양을 바라보고 서 있다. 해바라기 해바라기 해바라기……. 진한 노랑이 대지를 가득 채우고 있다.

어젯밤 열차에서는 뮌헨에서 고향으로 돌아가는 그리스 청년들이 에게 해의 섬노래를 불렀다. 두꺼운 눈썹에 까만 눈의 청년이 수박이 맛있고, 요구르트가 맛있고, 생선이 맛있다며 고향의 먹을거리를 자랑했다.

기차는 오늘 밤 그리스에 도착할 예정이다.

일본식과 서양식으로

감자를 이용한 샐러드를 만들었다. 드레싱과 함께 미역을 넣는다. 때문에 식탁에서 입맛을 산뜻하게 바꾸는 나물처럼 먹을 수가 있다.

식탁에 올린 음식에 따라 양식으로도 일식으로도 변신이 가능하다. 초대를 받은 댁에서 로스트치킨과 함께 먹고 난 다음부터, 초여름이 되면 감자를 좋아하는 분들에게 열심히 광고하게 되었다.

감자는 감자볶음을 할 때보다 더 얇게 채를 썬다. 잠시 물에 담가 전분을 빼내고 변색을 막는다. 바쁠 때는 물을 두세 번 바꿔주면 된다. 감자가 더욱 생생해지면 이제 데치는 순서다.

데친다고 했지만 뜨거운 물에 잠시 담가둔다고 하는 것이 더 맞을 것 같다. 그렇게 하면 감자가 부스러지지도 않고 씹히는 맛도 남는데, 그래도 심까지 제대로 익지 않으면 맛이 없다. 이것이 가장 중요한 포인트라 하겠다. 다음에는 소쿠리에 받쳐 물기를 뺀다.

미역을 살짝 데쳐 먹기 좋은 크기로 썬다. 샐러드유와 식초, 간장과 소금 약간에 머스터드를 섞어 드레싱을 만든다. 양식으로 할 때면 식초의 반을 레몬즙으로 하고, 겨자와 간장은 조금만 넣는다. 감자가 너무 하얗지 않을 정도로 간장을 넣으면 밥반찬으로도 좋다.

미역은 샐러드 재료라기보다 드레싱의 일부로 맛을 더해주고 감자와는 다른 감촉을 즐길 수 있다. 채 썬 당근을 약간 넣으면 선명한 색에 식욕을 돋울 수 있다.

　음식을 만들 때 가장 먼저 만들어 재워두면 더욱 맛있게 먹을 수 있다.

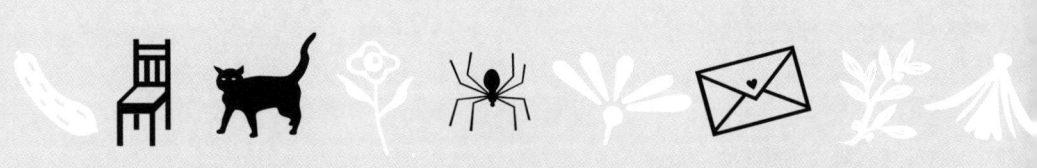

•••••••••••••••••••••••••••• 8월

차가운 코코아

　호텔 요리장인 무라카미 씨를 만난 것은 무척 더운 날이었다. 음료수는 뭐로 할까요, 차가운 홍차나 커피는 어떠세요 하고 묻는데 무라카미 씨가 말했다.

　"여름철 음료수로는 코코아가 제일이에요. 유럽에서는 코코아가 여름음료지요. 컵에 얼음을 깨서 담고 그 위에 코코아를 듬뿍 따른 다음 기호에 맞게 차가운 우유를 넣으면 돼요. 댁에서도 간단하게 만들 수 있으니까 꼭 해보세요. 특히 더위에 지쳐 있을 때면 차가운 코코아가 제격입니다."

　바로 만드는 법을 여쭤 집에 와서 만들어보았다. 어찌나 맛있는지 여름철에 정말 권하고 싶은 음료수이다.

　만드는 법은 다음과 같다.

　6잔을 만들기로 하면, 작은 냄비에 코코아 3큰술과 설탕 8큰술에 물을 1컵 정도 넣는다. 물은 한꺼번에 넣지 말고 주걱이나 커다란 스푼으로 코코아를 개면서 나누어 넣는다. 처음에는 코코아가 물이랑 섞이지 않는다. 물을 조금씩 더해가면서 개어 설탕이 다 녹으면 불에 올려 2~3분 저으면서 걸쭉해지게 한다.

　컵을 준비해 얼음을 6할 정도 넣고 위에 뜨거운 코코아를 붓고 스푼으로 잘 젓는다. 코코아가 식으면 기호에 맞게 차가운 우유를 섞어 마신다.

　코코아를 넉넉하게 만들어 냉장고에 보관해두면, 얼음과 차가운 우유만 준비하면 되므로 편리하다.

새빨간 원피스

길모퉁이를 돌다 새빨간 원피스를 입은 여자가 한눈에 들어왔다. 아, 하는 감탄사와 함께 그 자리에 멈춰 설 뻔했다. 물을 뿌린 길가에 커다란 꽃이 핀 것 같았다. 한여름의 저녁 해를 정면으로 받으며 그녀는 그대로 지나쳐 갔다.

꽤 오랜 시간이 지났는데도 해마다 같은 계절이 돌아와 석양이 물들 무렵이면 새빨간 원피스 차림의 그녀가 떠오르곤 한다. 그리고 이제야 빨간 원피스의 그녀가 어째서 그렇게 깊은 인상을 남겼는지 알 수 있을 것 같다.

내 기억 속의 그녀는 살이 찐 타입이었다. 그런데도 새빨간 원피스. 거침없는 원색의 빨강에 넉넉하게 아낌없이 사용한 주름으로 몸을 감싸고 있었다. 스커트 부분이 플레어였는지 개더였는지는 기억이 잘 나지 않는다.

조금이라도 날씬해 보이려 한다든가, 살이 쪄서 위축된 느낌이 전혀 없었다. 오히려 자신의 몸의 장단점을 그대로 드러내 보이는 당당함과 자신감이 커다란 꽃과 같다는 인상을 남겼던 것 같다.

아름답게 입는다는 것은 자신이 가지고 태어난 것을 있는 그대로 살리는 것이 아닐까 하는 생각이 들었다.

172

짧은 잠

"미안하지만 방석 한 장과 15분정도 시간을 주시겠어요?"

더운 여름날 낮에 일주일에 두 번 우리 집 청소와 집안일을 도와주시는 아주머니가 말했다.

"물론이죠, 그렇게 하세요. 그런데 뭘 하시게요?"

"잠깐 눈 좀 붙이게요."

하고는 다다미방 한쪽에 방석을 깔고 몸을 동그랗게 말고는 채 2분도 안되어 잠이 들고 말았다. 어쩌면 저렇게 잠이 늘 수 있을까 하며 부리운 마음에 시계를 보니, 10분 후에는 벌써 일어나 있었다.

"덕분에 개운하고 머리도 맑아졌어요. 자, 이제 오후 일을 시작해볼까."

하고는 벌써 걸레를 집어 들었다.

"어떻게 하면 그렇게 잠을 잘 잘 수가 있지요?"

"난 원래 몸이 약해 무리하게 뭔가를 할 수가 없었어요. 그래서 조금이라도 피곤하다 싶으면 10분이고 20분이고 누워 피로가 쌓이지 않도록 주의했지요. 그러다보니 자연스럽게 5분이든 10분이든 금방 잠을 잘 수 있게 되었어요. 그런 다음부터는 병이 난 적도 없고 몸도 튼튼해진 것 같아요."

그러고는 '빨리 잠드는 비결'을 가르쳐주었다.

"자 지금부터 잔다, 하고 스스로에게 이르는 거예요. 그리고 잠이 들 때의 포즈랄까, 모양을 정해두는 거죠. 오른쪽으로 누워 다리를 구부린다거나 엎드린다든가 하는 식으로요. 그 자세를 하면 반드시 잠이 드는 습관을 붙이면 아무것도 아니에요.

10분 후에는 일어난다고 다짐하고 자면 긴장해서 자기 때문에 금방 눈이 떠져요."

그 이야기를 듣고 오랫동안 바깥일을 하는 친구의 말이 떠올랐다.

"점심시간에 책상 앞에 앉아 책 읽는 자세로 한쪽 팔로 턱을 괴고 잠깐 10분 정도 잠을 자. 그러면 오후에는 개운한 머리로 일을 계속할 수 있지. 자세가 흐트러지지 않게 10분 정도 자는 습관을 들이고부터는 근무하기가 수월해졌어."

모두 자기에게 맞는 방법을 궁리하며 지혜롭게 살아간다는 생각이 들었다.

산타루치아

햇볕이 쨍쨍 내리쬐는 나폴리.

이탈리아 남쪽으로 내려오면 이곳 사람들의 살갗이 진한 이유를 알 수 있다. 뜨거운 햇볕 때문이다. 하지만 저녁 무렵이면 시원한 바람이 불어와 산타루치아 포구에 있는 레스토랑으로 발을 옮긴다.

물가에 철썩철썩 물결이 인다. 작은 포구의 언덕에 위치한 앞이 확 트인 넓은 레스토랑. 세 사람의 악사가 '오 나의 태양……, 오 나의 바다' 하며 노래를 부르고 있다. 아코디언과 만도린 연주에 탬버린을 든 사람이 노래를 부른다. 세 사람 모두 결코 젊지 않은, 아니 할아버지들이지만 노랫소리는 낭랑하고 윤기가 있어, 나이가 들어도 저렇게 음악과 보내는 인생도 즐겁겠다고 느끼게 할 정도로 밝고 명랑하다.

웨이터 역시 쾌활하다. 해물샐러드를 주문했다. 해물로는 뭐가 들어가는지 물어봤더니 "문어……, 오징어……, 새우……" 하고 노래를 부르듯 일본어로 대답해주었다.

문어다리와 동그란 오징어, 껍질을 깐 새우에 홍합, 껍질째 들어 있는 바지락에 녹색 채소가 장식되어 나왔다. 향이 진한 레몬을 싸서 해산물을 먹은 다음에는 드디어 폼모도로 스파게티. '나폴리를 보고 죽으라'고들 한다지만 '나폴리의 토마토 스파게티를 먹고 살아가자'며 입맛을 다셨다.

식후에는 과일을 주문했다. 가을이 제철이라 생각했던 포도송이가 은그릇에 가득 담겨 나왔다. 꽃처럼 벌어진 은그릇에는 물이 가득 담겨 있고 그 위의 포도 알이 시원스럽게 반짝인다.

한 알을 입에 넣었다. 차가운 과즙이 입안에서 터진다. 적당한 신맛에 단맛은 약한 편이다. 다시 한 알. 꼭지에 가까운 부분은 엷은 녹색이다. 그리고 조금씩 보라색을 띠다가 알이 동글게 부풀어 오른 부분은 진보라다. 햇빛에 비춰보면 투명하게 보였을 것 같은 말끔한 보라색이었다.

어느새 악사들의 나폴리 민요가 끝나고 바닷물이 찰싹찰싹 테라스 끝에 부딪힌다.

젊고 아름답게

요즘은 가슴이 파인 옷을 입을 때면 목에 신경이 쓰인다. 그래서 언제나 하이넥칼라를 하거나 스카프로 악센트를 주기도 하지만, 더운 여름에는 이것도 불가능하다. 나이 든 목을 귀고리나 목걸이로 살짝 감추고 있다.

지인 중에 70이 훨씬 넘은 분이 있는데, 미국에서 태어나 지금도 대학에서 영어강사를 하고 계신다. 동그란 얼굴에 눈이 커 웃는 모습이 배우 베티 데이비스를 닮은 분이다. 늘 건강하고 활기차서 50대 정도로밖에 보이지 않는다.

그분이 얼마 전에 내게 말씀하셨다.

"다들 내가 젊어 보인다고 하는데, 그 이유가 뭔지 알아요? 비밀을 털어놓을까요? 내 목에 주름이 하나도 없지요? 이것이 내가 젊어 보이는 비결이에요."

자세히 보니 살이 찌셨는데도 목은 가늘고 주름 하나 없어 마치 30대 같았다. 그분이 말씀하시기 전까지는 그 사실을 알지 못했다.

"매일 밤 자기 전에 마사지를 해요. 양손으로 번갈아가며 밑에서 위로 쓸어 올리지요. 300번 정도를 하는데 어떤 때는 우유나 마사지크림을 바르기도 하지요. 그래요, 30대 후반부터 목에 신경을 써야겠다 싶어서 매일 하고 있는 습관이에요."

"매일매일 30년 이상이나요?"

나는 놀라고 말았다.

많이 늦었지만 나도 목 마사지를 하기 시작했다. 300번 하는 데는 5~6분 정도가 걸린다. 피로해서 그대로 잠드는 날도 있지만 그런대로 계속하고 있다. 이 마사지는 목뿐 아니라 팔운동도 돼 어깨도 가벼워진 것 같다.

피부과 의사선생님을 만날 일이 있어 이 이야기를 했다.

"아주 좋은 방법이군요. 반드시 아래서 위로 하세요. 가슴 있는 데서부터 손바닥을 펴 목을 감싸듯이 천천히 쓸어 올리는 거예요. 매일 하는 것이 중요하지요. 피부는 나이가 들면 아래로 처지게 돼서 그것이 결국 얼굴이나 목의 주름을 만들어요.

마사지를 하면 혈액순환이 좋아져 피부가 생기를 되찾고 튼튼해지기 때문에 처지는 것을 막을 수 있어요. 또 살이 찌는 것도 막을 수 있고요. 그렇지만 너무 세게 하는 것은 좋지 않아요. 그리고 무엇보다 중요한 것은 매일 그렇게 언제까지나 젊고 아름다워지려는 마음가짐이겠지요."

콩절임

여름에 홋카이도 하코다데 지역에서는 풋콩을 껍질째 김장하듯 절이는 콩절임을 한다. 이 콩절임은 야채가 부족한 홋카이도의 소중한 겨울철 먹을거리이다.

예전에는 커다란 4말짜리(약 72리터) 나무통 두세 개에 절였다고 하는데,

뚜껑을 덮고 위에 돌로 눌러둔 콩절임은 추위가 풀리면서 색과 맛이 조금씩 변하게 된다. 그러면 홋카이도에서는 모두 봄이 머지않았다는 것을 알게 된다고 한다.

얼마 전에 프랑스와 이탈리아, 스페인 등의 남유럽을 여행하면서 소금에 절인 올리브가 약간 기름지며 감칠맛 도는 것이 이 콩절임과 비슷해 무척 놀랐다.

이탈리아 소렌토에서 포도가 주렁주렁 매달린 안뜰이 아름다운, 개방적인 레스토랑에서 거의 매일 밤 커다란 접시에 담겨 나오는 절인 올리브를 먹으면서, 새빨갛게 불꽃이 이는 스토브 곁에서 먹던 콩절임이 떠올랐다. 이런 진짜배기는 아니지만 여름에만 즐길 수 있는 '즉석 콩절임'을 소개할까 한다.

즉석 콩절임은 풋콩을 콩깍지째 약간 딱딱할 정도로 데친다. 빛깔이 좋으려면 너무 오래 데치지 않도록 주의한다. 그리고 바로 차가운 물에 담가 식힌 다음 체에 받쳐 물기를 뺀다.

바닷물보다 조금 더 진한 소금물에 데친 콩을 붓는다. 빈 커피병 같은 밀폐 용기에 콩이 잠길 정도로 소금물을 넉넉히 부어 냉장고에 보관한다. 2~3일이면 즉석 콩절임이 된다.

먹을 때는 물기를 빼고 그대로 식탁으로 가져가면 된다. 이 콩절임은 데쳐서 소금을 뿌려 바로 먹는 것보다 빛깔도 선명하고 무엇보다 콩에 약간의 소금기가 배어 저절로 손이 갈 정도로 맛있다.

올여름에도 즉석 콩절임을 만들 날이 기다려진다.

비행기 안에서

어지간히 피곤했었나보다. 비행기를 타고 좌석에 앉아 안전벨트를 매자마자 바로 잠이 들었다. 눈을 떠보니 이미 하늘 위, 이륙하는 것도 모르고 잠이 들었구나 하고 멍하니 생각하다 다시 꾸벅꾸벅 잠이 들었다. 다시 눈을 떴을 때는 다른 승객들이 기내식을 먹고 있었다. 이륙하고 얼마나 지난 걸까, 이렇게 타자마자 잠이 든 것은 처음이었다.

"잠이 깊이 드신 것 같아서……. 식사를 가져다드릴까요?"

스튜어디스가 물었다.

"아, 네."

조금 당황스러웠다. 어떤 모습으로 잠을 잤을지, 조금은 민망하기도 하고……. 자세를 바로하며 목소리의 주인공을 바라보았다. 식사를 내는 쪽에서는 승객이 자고 있다 해도 한 사람한테만 나중에 가져다주는 건 번거로운 일임에 틀림없다. 얼른 배식을 마치고 다른 일을 하기 위해 대개는 승객을 깨우고 테이블에 식사를 놓는다.

고개를 들어 보니 미소 띤 얼굴이 눈앞에 있다. 40은 지났을 것 같은, 어쩌면 50에 가까운 그리 젊은 승무원은 아니었다. 빨간 립스틱이 선명한 미국인다운 시원스러운 미소이다. 잠이 깨었다.

"고마워요. 기다려주신 덕분에 잘 잤어요."

"닭고기와 쇠고기, 어느 쪽으로 하시겠습니까?"

주문을 받고 작은 부엌으로 돌아갔다. 굽 낮은 까만 구두. 허리 전체를 감싸 뒤에서 겹쳐진 까만 에이프런과 하얀 반팔 셔츠. 짧게 자른 금발머리와 목덜미⋯⋯, 어쩐지 조금 전 서둘러 뒤로한 뉴욕의 거리가 그리워졌다.

커피를 마실 때, 팬케이크를 먹을 때, 샌드위치와 햄버거를 먹으러 들어간 곳곳의 카페테리어에는 더 이상 젊다고는 할 수 없는 여자들이 과부족 없는 믿음직하고 적절한 움직임을 보여주었다.

멍하니 바라본 그녀들의 뒷모습이 지금 주방으로 돌아간 승무원의 뒷모습과 겹쳐졌다.

"덕분에 좋은 여행이 되었어요."

내리는 승객들에 끼어 나도 인사를 했다. 젊은 승무원들과 함께 서서 모자와 하얀 장갑을 낀 그녀가 부드러운 미소를 띠고 서 있었다.

편지

소포와 함께 한 통의 편지가 배달되었다.

얼마 전에 아버지를 여읜 분께서 부의에 대한 답례로 보낸 것이었다. 소포는 손으로 짠 쪽빛 보자기였다. 봉투 안에는 인쇄된 종이가 들어 있을 줄 알았는데, 뜻밖에도 직접 쓴 편지였다.

아버지의 장례에 와주셔서 감사하다. 무사히 49제를 마치고 가족 모두 건강하게 지내고 있다. 근처에 오실 일이 있으면 꼭 들르라는 내용이었다. 두루

마리에 가는 붓펜으로 쓴 글씨는 한쪽으로 약간 기울어졌고 문장도 마음 가는 대로 자연스럽게 쓰여 있다. 이런 장례의 답례글은 대개 하얀 화지(和紙, 일본 종이)에 비슷한 내용의 글이 검은색이나 회색 잉크로 인쇄되어 고급스러운 봉투에 들어 있기 마련이다.

이 편지는 문장이 뛰어난 것도 아니고 글씨 또한 한쪽으로 기울어져 달필이라고도 할 수 없지만, 한 자 한 자 정성껏 마음을 담아 썼음을 행간에서도 느낄 수 있었다.

마음을 전하는 것은 글씨를 잘 쓰고 못 쓰는 것과는 무관한 일이다. 인쇄된 글보다 이렇게 직접 적은 글이 서로의 마음을 연결할 수 있다는 것을 새삼 깨달으며 두루마리 편지지를 한동안 바라보았다.

멋이란

디자이너 모리 하나에 씨와 오랜만에 점심을 들면서 '멋'이란 주제로 이야기를 나누었다.

여전히 바쁘게 지내셔서 그날도 파리에서 막 도쿄로 돌아오셨는데도 피곤한 기색을 전혀 느낄 수 없을 정도였다. 검정의 가는 슬랙스에 컷워크(cutwork, 서양자수의 한 기법으로 천에 수를 놓고 그 무늬를 따라 천을 잘라내거나 구멍을 내고 가두리를 치는 수예——역자주)가 있는 하이넥의 마로 된 하얀 블라우스. 그리고 위에는 까만 바탕에 하얀 마가렛이 그려진 부드러운 블라우스풍 재킷을 걸치고 계셨다.

멋이란 꽤 추상적인 표현인데 외국에서는 뭐라고 할까요, 하고 여쭤보니 모리 씨는

"글쎄요, 스타일리시가 될까요. 모습을 만든다, 자신만의 개성을 가지고 있다는 말이 되겠지요. 구체적으로는 자신의 결점을 분명하게 알아내는 것이라 생각해요. 물론 자신의 장점도 알아야겠지만, 예를 들어 뚱뚱하다거나 말랐다, 목이 길다든지 상체가 길다든지 하는 결점을 알아내고 그것을 보완하는 것, 그것이 멋의 포인트예요. 결점을 부드럽게 보완하는 옷, 그것이 자신에게 좋은 옷이겠지요."

나이나 남의 눈을 지나치게 의식해 눈에 띄지 않는 옷이나 무난한 옷으로 도망치는 것이 아니라, 자신을 정확하게 아는 것에서부터 멋이 시작된다고 모리 씨는 강조했다.

"결점을 알기 위해서는 우선 큰 거울로 자신을 비춰보는 거예요. 거울은 내 편이지요. 전신이 비치는 거울로 봐야 해요.

내가 아는 프랑스 사람이 있는데 다리가 굵은 편이에요. 그래서 늘 걸음을 빨리 걷는다고 해요. 경쾌하고 빠른 걸음걸이로 다리가 굵은 걸 못 느끼게 한대요. 멋이란 그런 자신만의 방법이랄까, 노력이 필요해요."

"멋이란 결국 스스로를 주시하는 것. 남에게 보이기 위한 것이 아니라, 자기 스스로를 입는 거지요. 그렇기 때문에 멋을 낼 줄 아는 사람은 겸허해져요. 자신을 알기 때문에 스스로에게도 겸허해지는 게 아닐까요? 콤플렉스도 없어

지구요. 그러다 보면 쓸데없는 아집 같은 것도 없어져 좋은 의미의 자신감을 가질 수 있으니 생활이 즐겁지요."

진정한 멋쟁이는 남에게도 다정하다고 모리 씨가 말했다. 그리고 최소한 두 종류의 옷을 가지고 있으면 된다는 유익한 정보도 주셨다.

"낮에 일할 때 입는 옷과 여자임을 되찾는 옷이에요."

직장에 다니는 여성은 남성의 양복과 와이셔츠에 필적하는 야무져 보이는 블라우스에 스커트나 슬랙스를 기본으로 선택한다. 그리고 휴일에는 자유롭고 화사하게…….

모리 씨는 그날 아침에 스케줄에 맞춰 복장을 정한다고 한다. 비 오는 날에는 흰색 계통이나 마 혹은 면은 피하고 색이 있는 옷이나 울 소재 등으로 따뜻함을 연출한다고 했다. 비 오는 날에 마나 흰색은 왠지 쓸쓸해 보이니까. 반대로 화창한 날은 위에서 아래까지 흰색으로. 흰 슬랙스에 흰 블라우스, 흰 재킷으로 하얀 바람처럼 걷는 것이다.

"하루 종일 스튜디오에서 작업을 해야 하는 날은 움직이기 쉬운 코르덴 바지에 헐렁하고 어깨에 힘이 들어가지 않은 블라우스. 속옷도 조이지 않는 것으로 골라 몸을 자유롭게 풀어줘야 해요. 피곤해서 돌아온 날에는 새하얀 저지 파자마로 갈아입고 충분히 쉬지요."

식사를 마치고 차를 마시면서 모리 씨가 마지막으로 들려주신 이야기이다.

"멋이란 결코 돈이 드는 것이 아니에요. 그리고 지금은 아름다움의 기준 또한 많이 바뀌었지요. 코가 높다거나 눈이 크다든가 하는 태어날 때부터 가지고 나온 아름다움보다는 열심히 세상을 살아가는 정열을 느끼게 하는 것, 깨끗하고 군더더기 없는 모습, 그것을 표현하는 것이 지금의 멋일 거예요. 때문에 얼굴 표정도 중요하지요."

작은 인사

"파르동(pardon)."

금발의 곱슬머리 어린 소년이 나를 올려다보며 말했다.

여기는 폭이 좁은 보도이다. 내 앞에 지팡이를 쥔 노인이 걷고 있다. 느릿느릿 걸음을 옮기고 있어 앞질러 갈까 그대로 천천히 뒤를 따를까 망설이고 있던 참이었다. 그런데 이 아이가 맞은편에서 아장아장 걸어와 노인과 내 곁을 "파르동" 하며 지나간 것이다. 그 어설프면서 예의바른 한마디를 이제 두세 살쯤 되어 보이는 동그란 볼이 붉은 아이가 하는 것이다.

"나 파르동하고 말했어."

엄마에게 다가가 자랑스러운 목소리로 보고를 한다. 이렇게 어린 나이 때부터 반복해 가르치는 것이겠지.

"미안하다" 또는 "먼저 실례하겠다" 하는 인사가 이 작은 마을에서는 하루에도 몇 번이고 지극히 자연스럽게 오고 갈 것이다. 역 계단에서 카페 입구에서 야채가게 앞에서 버스를 내리고 탈 때, 사람들 앞을 지나칠 때, 아무런 주저함 없이 사람들은 이 말을 한다. 하지만 나는 아직도 이 말이 쉽게 나오지 않는다.

"파르동 뮤슈."

겨우 앞서 걷는 노인 곁을 지나 앞으로 갔다.

파리의 어느 좁은 골목에서.

미역과 고추냉이

한눈에도 싱싱해 보이는 고추냉이와 생미역을 받았다.

"생선회는 없고 왠지 곁들이는 해초만 드리는 것 같네요."

하며 생미역을 맛있게 먹는 방법을 일러주서서 해보니 정말 맛있었다.

미역을 물에 잘 씻어 뜨거운 물에 살짝 데친다. 금방 선명하고 예쁜 파란색으로 변하기 때문에 바로 꺼내 찬물에 담근다. 체에 밭쳐 물기를 뺀 다음 먹기 좋게 뚝뚝 썰어 접시에 담는다.

고추냉이는 껍질째 씻어 마른 수건으로 깨끗하게 물기를 닦고 강판에 부드럽게 원을 그리면서 갈아 다시 마른 도마에 올려놓고 칼등으로 통통통 하고 다진다. 크기에 따라 다르지만 고추냉이 하나가 5~6인분 정도일까. 큰 고추냉이면 필요한 만큼만 갈고 나머지는 컵에 물을 담아 담가둔다.

작은 접시에 고추냉이를 덜고 간장을 부어 조금씩 섞어가면서 미역을 찍어 먹는 정말 단순한 방법이지만, 금세 많던 미역이 바닥이 날 정도로 맛있었다. 그래서 이렇게 미역을 먹는 것이 버릇이 되고 말았다.

나물처럼 간장과 고추냉이를 섞어 미역을 무쳐도 보았지만 그러면 물이 생긴다. 생미역이든 마른미역이든 물에 불려 뜨거운 물에 살짝 데치면 맛은 비슷한 것 같다. 하지만 유감스럽게도 와사비 가루로는 이 같은 맛이 나지 않았다. 조금은 사치스럽지만 역시 생고추냉이를 권한다.

짝꿍 구두

발에 익숙한 구두의 밴드가 떨어져 집 근처 수선점으로 가지고 갔다. 수염이 긴 곱슬머리의 청년, 귀밑털이 긴 청년 등 네 명의 젊은이가 까맣게 윤이 나는 커다란 앞치마를 두르고 분주히 움직이고 있다.

구두굽이 닳아 가면 그 자리에서 5분 내에 갈아주기 때문에 늘 편리하게 이용하는 곳이었다. 하지만 오늘은 그 자리에서 고치기 힘들 테니 쇼핑백에 넣어 갔다. 곱슬머리 청년이 구두를 보더니

"이건 입원시켜야겠군요. 전치 6일이오."

하며 전표를 써 주었다.

그럼 잘 부탁한다며 가게를 나서려던 참이었다.

"짝꿍은 어떻게 하실래요? 놓고 가시겠어요?"

그러고보니 밴드가 떨어진 것은 한쪽인데 양쪽 구두를 모두 가지고 갔던 것이다.

"뭐, 그렇게 하지요. 한 번도 떨어진 적이 없어 이 녀석도 쓸쓸할 테니까, 같이 입원시켜드릴게요."

청년이 이야기하고는 구두를 철사로 함께 묶었다. 구두를 아끼는 마음이 내게도 전해졌다.

작은 도깨비

식구들이 아무도 없어 집안이 조용한 저녁이다. 단추가 헐거워진 옷이 몇 벌 있었기에 이럴 때 해두어야겠다고 바느질상자를 꺼냈다.

실을 끼우고 자르려는데 가위가 보이지 않는다. 분명히 꺼냈는데 신문 밑에도 소파 쿠션 밑을 찾아봐도 없다. 가위를 찾다 문득 어린 시절 어머니가 들려주시던 이야기가 떠올랐다.

"어느 집에나 아주 작은 도깨비가 살고 있단다. 무서울 것 없어, 아주 귀여운 어린 도깨비니까. 그렇지만 손도 못 댈 정도로 장난이 심하지. 그리고 샘도 아주 많아. 깨끗하게 씻어놓은 컵을 지저분하게 만들기도 하고, 가득 담아둔 설탕이 줄기도 하고, 많던 과자가 어디로 사라지기도 해.

그리고 물건 감추는 걸 좋아해서 금방 어디론가 숨기기도 한단다. 그리고 샘이 많은 녀석이니까 자기 자랑을 하면 안 돼. 잘난 척하거나 자랑을 늘어놓으면 금방 작은 도깨비가 나쁜 짓을 하니까."

어린 나는 어머니가 들려주시는 이 이야기를 무척 좋아했고, 집안에 어린 도깨비가 있다고 믿었다. 어머니의 이야기는 계속되었다.

"그럴 때는 테이블이나 벽을 주먹으로 똑똑똑 세 번 두드리는 거야. 그건 작은 도깨비가 제일 싫어하는 소리거든. 그래야 장난을 그만 둔단다……."

이야기를 떠올리며 살짝 바느질상자 뚜껑을 들어보니 거기에 가위가 숨어 있었다. 그러고는 작고 작은 도깨비가 "우리 참 오랜 친구죠?" 하며 상자 위에서 나를 올려다보는 것 같아 혼자 웃음지었다.

누구나 우연한 일로 작은 추억들이 순간 되살아난다고 하는데, 내게는 이 도깨비 이야기가 그렇다.

•••••••••••••••••••••••••••••• 9월

포도 꽃바구니

파티장에 들어서자 가장 먼저 눈에 들어오는 것은 커다란 바구니에 가득 담긴 포도송이였다. 마치 꽃바구니처럼 테이블 위에 놓여 있다. 주위를 둘러보니 조금 떨어진 테이블에도 창가 가까이의 테이블에도 포도가 담긴 바구니가 놓여 있다.

빨간 포도, 보라색 포도, 까만 포도, 청포도. 알의 크기와 빛깔도 다양한 포도가 정말 맛있고 호화로워 보인다.

파티장을 둘러보니 손님들이 포도 바구니를 가운데 두고 둘러서서 이야기를 나누고 있다. 그러다 포도 한 알을 따서 먹는 사람, 한 송이를 들고 먹는 사람, 작은 접시에 빨간 포도와 청포도를 몇 알씩 올려놓고 먹는 사람 등 보기에도 즐겁다.

새콤달콤한 데다 수분이 많은 포도가 차와 과자 역할을 동시에 하고 있었다. 달콤한 포도향이 파티장에 가득하다.

사람들을 대접하는 방법이 참으로 다양한 것에 감탄하며 나도 제일 좋아하는 빨간 포도를 먹으며 손님들과 이야기를 나누었다.

어느 가을 뉴욕에서였다.

가을과 한 컵의 물

투명한 가을날이었다. 하늘은 높고 푸르며 바람이 반짝이는, 이렇게 아름다운 날이 또 있을까 하고 감동할 정도였다.

약속이 있어 어떤 분의 댁을 찾아갔다. 소파에 앉으니 테이블에 물을 한 잔 가져다주셨다. 크리스털에 와인잔처럼 다리가 있는 제법 큰 잔에 가득한 물. 가을 햇살이 부드럽게 비쳐 물이 반짝였다.

입술을 갖다 대니 크리스털의 차가운 감촉. 그리고 목으로 넘어가는 달콤한 물. 물이 이렇게 맛있는 것이었다니. 목을 씻은 물이 가슴을 맑게 하고 위로 스며들어갔다. 반 컵 정도 남은 물을 다시 한숨에 들이켰다.

맑게 갠 날이어서 몸에 물이 필요했던가 보다. 산뜻한 가을이 컵 속에 녹아 물이라기보다는 신기하고 투명한 음료수가 된 것 같았다.

물은 차나 커피, 홍차보다도 훌륭한 가을 음료수이다.

바다의 울림

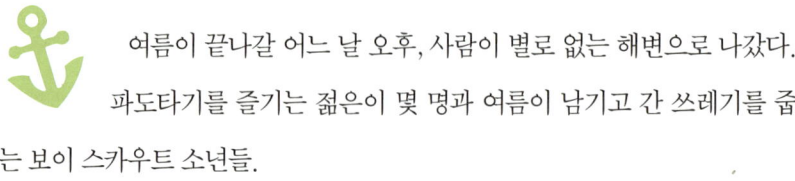 여름이 끝나갈 어느 날 오후, 사람이 별로 없는 해변으로 나갔다. 파도타기를 즐기는 젊은이 몇 명과 여름이 남기고 간 쓰레기를 줍는 보이 스카우트 소년들.

모래 위에 앉아 어느새 높아진 하늘과 구름과 앞바다에 여기저기 나타났다가는 사라지는 하얀 파도를 바라보다 문득 손 밑에서 작은 고동을 발견했다.

∿

1센티 정도로 작은 조개껍데기를 손바닥에 올려놓고 보니 하얀 조개껍데기에 까만 점점이 멋진 모양을 그려 너무도 귀엽고 사랑스러웠다. 바다에서 태어난 보석 같아 조개껍데기를 줍고 싶어 물가를 따라 걸어보았다. 맨발로 젖은 모래를 밟는 것도 오랜만이었다. 분홍색, 회색, 하얀색, 엷은 보라색 등의 조개껍데기와 작은 돌도 주웠다.

집에 돌아와 물로 깨끗이 씻어 보니 바닷가에서 볼 때와는 또 다른 느낌이었다. '내 귀는 소라껍질 바닷소리를 그리워한다'는 장 콕토의 시가 저절로 흘러나왔다.

∿

며칠이 지나면서 문득 주워온 조개껍데기로 귀고리를 만들고 싶어졌다.

조가비 귀고리.

곧바로 액세서리 가게로 가서 조개를 붙일 귀고리를 샀다. 은색에 매끄러운 것으로, 그리고 함께 뭐든지 붙일 수 있는 강력접착제도.

우선 깜장과 하얀 점이 있는 고동을 한 세트. 다음은 엷은 녹색을 띤 삼각형의 작은 돌. 이건 비슷한 돌을 찾지 못해 우선 하나만 만들었다. 내년에 다시 해변으로 나가 비슷한 돌을 주워 세트로 만들거나 아니면 한쪽만으로도 괜찮을 것 같다. 조개나 돌은 귀고리에 잘 붙었다.

여름의 추억이라 이름 붙이고 싶은 내 작은 보석 이야기이다.

작은 아이디어 요리

이건 이가 나쁜 사람들을 위한 요리가 아니다. 오늘 저녁에라도 식탁에 어떨까?

♠ 횟감인 오징어를 1밀리미터 정도로 아주 얇게 채를 썬다. 참오징어 같은 도톰한 오징어도 먹기 쉽고 맛있을 뿐 아니라 양도 훨씬 많다. 생강을 갈아 간장과 함께 먹는다.

♠ 스테이크용 쇠고기를 굽는다. 다 구우면 이것도 1~2밀리미터 정도로 가능한 가늘게 썬다. 어떤 때는 그대로 버터와 소금으로 간해 먹고, 또 어느 날은 스테이크를 구운 프라이팬에 얇게 저민 마늘을 볶다가 간장을 부어 숙 하는 소리가 나면 얇게 썬 고기를 넣어 간장으로 간을 한다. 고추냉이(와사비)와 간장을 섞거나 간장과 식초, 겨자를 섞어 찍어 먹어도 맛있다.

♠ 낫토의 콩을 잘게 다져서 드셔보세요. 얇게 채 썬 오징어와 함께 무쳐도 제법 맛있다. 간장으로 간을 한 다음 다진 파나 김을 부숴 넣어도 일품이다.

♠ 표면에 하얗게 소금기가 도는 마른 다시마가 있다. 이것을 1밀리미터 정도로 가위로 가늘게 자른다. 갓 지은 밥 위에 그대로 뿌려 먹기도 하고, 날계란에 밥을 비벼 먹을 때도 이 채 썬 다시마를 뿌리고, 맑은 국이나 오이채와 섞어도 맛있다.

♠ 로스햄을 얇게 썰어 잘게 다진다. 간장을 약간 부어 섞은 다음 갓 지은 밥 위에 한 스푼 올려먹으면 맛있다. 달걀프라이 위에도 제격인데 이때는 굴소스에 미리 버무려둔다. 아침식사 때 자주 오르는 햄에그보다 신기할 정도

로 맛있다.

♠ 구운 어묵도 오징어처럼 얇게 종이처럼 채를 썬다. 그대로 고추냉이와 간장에 찍어 먹는다. 가는 성냥개비처럼 채를 썰어도 좋고 햄처럼 다져도 괜찮다.

♠ 그러고보니 오이장아찌도 동그랗게 썰지 않고 가늘게 채를 썰면 다른 음식처럼 새롭다.

♠ 주로 강판에 갈아 사용하는 마도 껍질을 벗겨 가늘게 채를 썬다. 깍뚝썰기한 참치회 위에 올려 간장을 끼얹어 먹는다. 간장과 고추냉이를 넣고 살짝 섞은 다음 밥 위에 올려놓기도 하나. 마 특유의 맛을 실린 긴단한 요리이디.

♠ 말린 대합이나 홍합 등의 졸인 반찬도 좋다. 하지만 이가 튼튼해도 딱딱한 졸임을 오래 먹기는 힘든 일이다. 이 졸임이나 볶음도 얇게 저민다. 이가 약한 분들도 오랜만에 맛있게 즐길 수 있다.

어떤 재료든 지금까지와는 다른 방법으로 얇게 썰거나 채를 썰어보면 새로운 맛을 발견할 수 있다. 채를 썰면 양이 늘기 때문에 재료가 좀 부족하다 싶을 때도 도움이 된다. 참, 잊을 뻔했는데 마지막으로 한 가지만 더.

♠ 알이 작고 안까지 잘 익은 토마토를 차갑게 식혀서 가능한 한 얇게 1~2밀리미터 정도로 깎듯이 썬다. 여기에 간장을 뿌리면 샐러드와는 또 다른 맛의 반찬이 된다.

나이 든 배나무

그 나무가 배나무란 건 아무도 모르는 것 같다. 너무 크게 자란 데다 이른 봄이면 잎이 무성해, 작고 하얀 꽃을 발견하게 되더라도 저런 곳에 배나무가 서 있으리라고는 아무도 생각지 않는 것 같다. 전철역 가까이에 있는 선로 주변의 길고 좁은 공터, 그곳에 배나무가 서 있다. 키가 6미터 정도는 될까. 굵은 가지 두 개가 마치 기생목(겨우살이)처럼 서로 얽힌 배나무에 올해도 작은 열매가 주렁주렁 열렸다.

배나무 맞은편에는 야채가게가 있다. 2~3년 전부터 배가 열릴 무렵이면 이 나무의 유래에 대해 물어봐야겠다 하면서도 기회를 놓쳐, 가을이 가고 겨울이 와 나무가 벌거벗을 무렵이면 배나무를 잊고 지냈다. 올해는 봄부터 꼭 물어봐야겠다 생각하다가 열매가 맺을 무렵 야채가게로 갔다.

"저건 옆의 제과점 아저씨가 40~50년 전에 심은 건데 오래전에 돌아가셨어. 나무를 심었을 때는 아직 전철도 안 다녔고 이 주변도 잡목이 울창했지. 처음에는 크고 좋은 배가 열렸었는데 요즘은 손보는 사람이 아무도 없어 산에 있는 배나무 같아졌다니까."

가끔 장난처럼 한두 개 따는 사람이 있지만 너무 딱딱해서 못 먹는다고 한다.

너무 아까운 생각이 들었다. 저 배로 술을 담그거나 잼을 만들 수 없을까 하며 작은 열매를 올려다보았다.

만약 배를 따도 된다면 설탕을 넣고 통째로 졸여보고 싶다. 또 적당한 크기로 썰어 하룻밤 절여 샐러드를 만들면 정말 상큼하고 맛있을 것 같다.

하얀 배춧속 두 장을 한입에 들어갈 정도로 썰고, 5센티미터 정도 되는 대파 두 대를 세로로 가르듯이 자른다. 배는 제일 저렴하고 딱딱한 것으로 두 개이다. 껍질을 벗겨 4등분한 다음 5밀리미터 정도로 은행잎 모양으로 썬다. 이두 가지를 적당히 섞은 다음 위에서 소금물을 붓는다. 2컵 정도의 물에 소금은 티스푼으로 약간 소복하게 하나이다. 맑은 국보다 소금기가 조금 더 진한 정도이다. 그리고 인스턴트 커피병에 담아 냉장고에 넣어 하룻밤 재운다.

물기를 짜 프렌치드레싱으로 버무린다. 마요네즈보다 드레싱이 더 맞는것 같다. 사과와 셀러리로 만든 월도프샐러드(waldorf salad)와는 또 다른 맛을 즐길 수 있다.

거칠거칠한 야생의 배나무처럼 되어버린 우리 동네의 작은 배는 분명히 이샐러드에 제격일 거라는 생각에 노목이 된 나무에 자꾸만 마음이 쏠린다.

내 비밀

이런 거 한다고 달라지진 않겠지만 그래도 안심하기 위한 거겠지 하면서도 매일 밤 주름 방지를 위해 하는 비법을 소개할까 한다. 이 비법 덕분인지는 모르나 오랜만에 만난 사람들에게 "어머, 어쩌면 그렇게 하나도 안 변했어요. 비결이 뭐예요?" 하는 이야기를 종종 듣는다.

그러면 나는 매일 밤 하는 비법을 털어놓다. 그리고 한참 후에 다시 그 사람을 만나면

"나도 가르쳐준 대로 매일 밤 하는데, 정말 좋은 거 같아." 하며 밝은 얼굴로 이야기를 하기 때문에 여러분께도 소개를 할까 한다.

벌써 10년 전쯤에 어떤 책을 보다 알게 된 방법이다. 다른 방법도 많았는데 점점 귀찮아하다 잊어버렸지만, 두 가지는 지금도 계속하고 있다.

하나는 숨을 잔뜩 들이마신 다음 입을 닫고 볼을 부풀리는 것이다. 또 하나는 부풀린 볼을 양쪽 검지로 코 밑에서부터 볼을 따라 눈가로 마사지하는 것이다. 가끔은 콜드크림 등을 발라 볼이 따뜻해질 때까지 되풀이하다. 그러면 볼이 처지는 것을 막을 수 있다. 콧방울에서 입가에 생기는 팔자주름은 나이가 들어 보이게 하다.

이 방법으로 젊음을 유지할 수 있다고 믿으면서 하고 있다. 너무도 간단한 비법인 듯하다.

나무 목걸이

오랜만에 하얀 셔츠블라우스를 입어보았다. 컬러를 더하기 위해 셔츠 안에 스카프를 매려다 좀 더울 것 같아 그만 두었다. 하지만 거울을 보니 역시 뭔가 부족한 느낌이다.

뭐 좋은 게 없을까 하고 서랍 속을 뒤지는데 나무로 된 목걸이가 눈에 띄었다. 팥알보다 조금 작은 나무 구슬이 길게 연결된 목걸이이다. 빨간색, 하얀색, 그리고 감색에 갈색, 에메랄드, 핑크, 오렌지, 노랑……, 나열하기도 힘들 정도의 갖가지 색의 구슬이 500개쯤 될까.

어느 여름날 긴자에서 하나에 2천 엔을 주고 두 줄을 구입했는데 독일에서 건너온 것이라 했다. 젊은 친구들이 좋아할 것 같은 목걸이이다. 하도 눈에 띄어 누구 젊은 친구에게 주거나 내가 쓰려고 산 것이었다.

긴 목걸이라 두 줄로 걸면 길이가 적당하다. 목걸이 두 개를 네 줄로 만들어 블라우스 위에 걸어보았다. 거울 속의 내가 조금 전보다 훨씬 근사해 보이니, 성공이다.

하얀 셔츠칼라는 젊은 사람들이 입으면 멋있어 보이는데, 이제 내게는 허전해 보인다. 거기에 이 나무목걸이를 거니 콧노래가 절로 나올 정도이다.

감색 원피스에도 걸어보았다. 차분한 감색이 놀라울 정도로 화사해졌다. 이제는 이 목걸이를 하기 위해 옷장에서 수수한 옷을 찾을 정도이다. 혹시나 해서 구입한 목걸이를 이렇게까지 유용하게 사용할 줄은 몰랐다.

하얀 테이블

문을 열고 들어간 거실은 왠지 분위기가 달랐다. 식당과 응접실을 겸한 거실을 둘러보니 온통 하얗다. 그런데도 차가운 느낌은 들지 않았다. 천장과 벽, 테이블과 의자, 장식장과 책장까지 모두 하얗다. 커튼도 하얗고 카펫은 밝은 회색이었다.

"큰맘 먹고 전부 흰색으로 해봤어. 잘 보렴, 다 전에 있던 것들이야."

그러고보니 모두가 눈에 익숙하다. 하지만 모두 깔끔하게 새로 칠을 했다. 새삼 둘러보니 창들이 하얀 벽에 걸어놓은 그림처럼 바깥 풍경을 보여주고 책장에 꽂힌 책 한 권 한 권이 각각의 빛깔로 집 안을 장식하고 있다.

"커피로 할래? 아니면 홍차?"

친구가 물으며 부엌으로 들어갔다.

식탁 의자에는 깜장과 회색 방석이 깔려 있다. 한쪽에 놓인 라이팅 테이블도 처음에는 분명히 마호가니색이었는데 하얗게 칠해 그 위에 놓인 빨강과 갈색 표지의 책이 그대로 집 안을 채색하고 있다.

하얗고 둥근 커다란 테이블 위에는 까만색에 가까운 갈색 구리 꽃병, 안에는 하얀 리시아서스가 꽂혀 있다. 친구는 청바지와 흰 바탕에 까만 스트라이프의 남자 옷 같은 와이셔츠를 입고 있다. 나는 흰색의 아름다움에 푹 빠지고 말았다.

친구가 내온 홍차는 스테인리스스틸 포트에 와인레드라고 해야 할까, 붉은 보라색의 찻잔이었다. 갈색의 작은 바구니에는 비스킷이 담겨 있다.

정말 오랜만에 아름다운 흰색과 만났다.

멕시코의 신부의상

"선물이야."

이번 여름에 멕시코 여행을 다녀온 친구가 면으로 짠 자루 같은 것을 내놓았다.

"아카플코에 갔을 때 저녁에 야외극장에서 오페라를 봤는데 프리마돈나가 멋진 흰색 의상을 입고 있었어. 다음 날 시내에 있는 커다란 부티크에서 그것과 똑같은 것을 보게 돼서 물어봤더니, 글쎄 신부의상이라지 뭐니. 완벽한 직선 재단에 가격도 비싸지 않아. 그런데 왠지 네 얼굴이 떠올라 내 것과 함께 샀어."

친구가 즐거운 얼굴로 말했다.

날실을 약간 가늘게 해 흰색으로 늘썽하게 짠 천이었다. 가슴 부분에 1센티미터 정도의 하얀 공단 리본이 달렸고 옆구리 부분에는 레이스가 이중으로 달려 있어 화려하다. 목 부분이 크게 파였고 얼핏 보면 판초 같기도 하다.

오늘 저녁이었다. 집에 혼자 있는데 갑자기 친구가 준 이 신부의상이 떠올라 입어보았다.

이 나이의 내가 제법 괜찮아 보였다. 기분이 좋아 커다란 하얀 귀고리를 달아보았다. 흰 꽃으로 머리 장식을 하면 누가 봐도 신부처럼 보일 것 같았다. 길이가 무릎까지밖에 오지 않아 하얀 슬랙스도 입어보았다. 폼을 잡고 집 안을 걸어 다녀보고 거울 앞에서 이런저런 포즈를 취해보기도 했다. 내가 내게 반할 정도였다.

한 번도 신부의상을 입은 적이 없는 친구가 웨딩드레스를 입어본 적이 없는 내게 이런 멋진 시간을 선물해주었다.

파리의 양송이

파리 사람들은 정말 샹피뇽(champignon), 그러니까 양송이를 좋아하는 것 같다.

아침시장에 가보면 양송이만 파는 가게 앞에 사람들이 길게 서 있고, 저렇게 많아서 어떡할까 걱정스러울 정도로 쌓였던 버섯도 점심때쯤이면 바닥이 드러난다. 샹피뇽 소스에 샹피뇽 파이, 토마토를 그리스식으로 조리한 오르되브르.

그중에서도 내가 좋아하는 것은 양송이를 생으로 사용한 샐러드이다. 어느새 우리 집의 주된 메뉴 중의 하나가 되었다. 재료는 아주 간단하지만, 하얗고 신선한 양송이를 고르는 것이 중요하다. 함께 들어가는 것은 햄.

양송이와 햄을 얇게 채 썬다. 양송이와 햄의 비율은 반반 혹은 햄을 3분의 1정도로 한다. 오르되브르나 입맛을 산뜻하게 바꾸기 위한 음식이기 때문에 그리 많은 양이 필요하지는 않다.

채를 썬 양송이와 햄을 살짝 섞어 레몬즙을 짜 넣는 것뿐이다. 소금이나 후추도 필요 없다. 햄이 양송이의 흰색을 돋보이게 할 뿐만 아니라 적당한 소금기와 기름기를 더해 맛도 돋보이게 하기 때문이다. 그러니 가능한 한 좋은 햄을 사용하면 나무랄 데가 없다.

나는 이것을 늘 가리비 껍데기에 담아 식탁으로 가져간다. 다른 그릇을 사용할 때보다 훨씬 맛있어 보이기 때문이다. 흰 접시 위에 가리비가 미끄러지지 않게 냅킨을 접어서 깔고 올려놓는다. 덕분에 식탁이 근사해지는 것도 즐겁다.

눈 깜빡할 사이

이번 여름에 친구와 둘이서 여행을 갔다. 호텔에 묵으며 오랜만에 즐거운 저녁식사와 수다를 즐기다 다음 날 아침 8시에 식당에서 함께 아침식사를 하기로 했다.

아침에 눈을 뜨고 멍하니 시계를 보니, 어쩌면 7시 53분! 7분이면 약속시간인 8시였다.

깜짝 놀라 벌떡 일어났다. 침대 위를 적당히 정리하고 세면대로 달려갔다. 대충 이를 닦고 세수한 얼굴을 수건으로 닦으며 방의 커튼을 걷고 다시 세면대로 달려갔다. 화장수와 로션을 바른 뒤, 파우더와 립스틱만 바르고는 머리를 빗으며 방으로 돌아와 스커트와 블라우스를 입고 거울 앞에 서서 대충 점검을 했다. 문 밑에 낀 신문을 테이블 위에 놓고 가방과 열쇠를 들고 방을 나온 것은 8시 3분.

달려가 엘리베이터를 타고 1층으로 내려가 식당 앞 로비에 도착한 것이 8시 6분, 6분을 지각했다.

벌떡 일어나 방을 나설 때까지 꼭 10분이 걸렸다. 그사이 방 안을 뛰어다니며 준비를 했다. 정말 짧은 시간이었다. 순식간이랄까, 눈 깜짝할 사이란 말을 실감했다. 시계를 들여다볼 시간도 없이 뛰어나왔다.

하지만 생각해보면 내 일생도 이런 순식간의 연속이겠지. 그렇게 생각하면 정말 소중하고 짧은 10분간이다. 새삼 그 10분이란 순간을 소중히 해야겠다는 생각을 절절히 하게 되었다.

분꽃

늘 지나치는 주택가 모퉁이의 블록 담 밑에 두 평 정도의 공터가 있다. 해마다 봄부터 가을이 깊어질 무렵까지 갖가지 꽃이 번갈아 핀다. 지금은 하얀

206

분꽃이 한창이어서, 저녁 무렵 집으로 돌아갈 때마다 울창한 잎들 사이로 빨 갛고 하얗고 노란 꽃들의 향기로운 꽃내음을 맡게 된다.

부용도 커다란 분홍색 꽃을 피웠고 그 주변에는 새빨간 접시꽃. 칸나는 이 미 졌지만 꽃들이 저마다의 아름다움을 겨루는 곳이다.

언젠가 발걸음을 멈추고 바라보다 꽃을 손질하고 있는 여자분을 만났다.

"담 안쪽은 볕이 들지 않는 데다 바람도 잘 통하지 않아 꽃을 가꾸기가 힘 들어요. 양지가 좋기에 공터를 조금씩 손질하다보니 이렇게 됐네요."

공터를 화단으로 가꾼 분이셨다.

얼마 전이다. 여느 때처럼 화단을 바라보며 지나가는데 모퉁 이 말뚝에 하얀 비닐이 걸려 있고 두꺼운 종이에는 아래와 같은 글이 적 혀 있었다.

접시꽃 씨입니다. 필요한 분은 가지고 가세요. 꽃은 2년 뒤부터 피고, 색 은 분홍과 빨강입니다. 까맣게 된 분꽃 씨도 가져가시기 바랍니다. 흰 꽃이 피 었다고 해서 다음 해에 반드시 흰 꽃이 피지는 않습니다.

비닐봉투 안에는 메밀껍질 같은 작고 납작한 씨가 한 컵 정도 들어 있었다. 접시꽃 씨다. 살짝 집어 손바닥에 올려보았다. 10알쯤 되는 것 같다. 같은 양 을 한 번 더, 이것은 꽃을 좋아하는 친구에게 줄 생각이다. 그리고 종이에 쓰 인 대로 까맣게 된 하얀 분꽃씨도 가지고 왔다.

그날 저녁 문득 생각이 나서 기타하라 하쿠슈(1885~1942, 시인)의 시를 읊 어 보았다.

분꽃

분꽃의 까만 씨
손톱으로 누르면 분이 흩어지네
어린 마음의 미움은
네가 오지 않는 한순간일까
분꽃의 노랑과 빨강
손톱으로 누르면 분이 흩어지네

꽃씨에 대한 답례로 이 시를 적어 내일 그 댁 우편함에 넣어둘까 한다.

옷깃과 소맷부리

옷장을 열어보니 블라우스가 많다.

그중에는 옷에게는 미안하지만 싫증이 난 블라우스도 몇 장이나 된다. 세탁을 하면서 지저분해지기 쉬운 깃과 소맷부리를 세게 비벼 그곳만 후줄근해진 것도 있다. 검정 바탕에 하얀 잔 꽃무늬의 얇은 면 블라우스는 좋아하는 옷이라 너무 오래 입은 감이 있다.

문득 예전에 칼라를 하얀 레이스로 떠서 블라우스에 달았던 일이 떠올랐다. 그래서 칼라만 흰색으로 바꿔보고 싶어졌다.

곧바로 하얀 얇은 모직으로 깃과 소맷부리를 만들어 바꿔 달았다. 낡은 블라우스가 갑자기 젠체하며 외출용 혹은 파티에서도 입을 수 있는 멋진 블라우스가 되었다. 흰색이 어쩌면 이렇게 훌륭한 역할을 할까. 워낙 흰색을 좋아하기도 하지만 흰 칼라의 아름다움에 다시 한 번 반하지 않을 수 없었다.

여기에 힘을 얻어 흐린 푸른빛에 진하고 흐린 분홍색 꽃무늬 블라우스도 깃과 소맷부리를 흰색으로 바꾸어보았다. 디올에서 구입한 삼색과 오렌지, 엷은 갈색 스트라이프 블라우스도 큰맘 먹고 흰색 깃과 소맷부리로 바꾸었다.

모두 조금씩 후줄근했었는데 새 옷처럼 멋진 블라우스로 거듭났다.

칼라를 바꿔 다는 방법이다.

우선 떼어내기 전에 칼라를 잘 살펴보고 봉재방법과 달린 모습을 기억해둔다. 그리고 가능한 한 조심스럽게 떼어내어 그것으로 본을 뜬다. 천은 두 장이 필요하기 때문에 흰 천을 두 겹으로 접어 재단한다. 재봉질을 한 다음 뒤집어 떼어낸 자리에 박으면 끝이다. 와이셔츠처럼 깃이 서 있는 경우는 그 부분을 그대로 남기고 바꾸기 때문에 간단하다.

소맷부리도 같은 방법이다. 떼어낸 칼라와 커프스가 좋은 견본이 되기 때문에 누구라도 할 수 있다.

생선회를 맛있게

요즘 슈퍼 등에서 산 넙치나 도미는 왠지 생기가 없고 살이 늘어진 것 같아 예전 같은 싱싱한 맛이 그리워질 때가 있다.

회를 좋아해 매일이라도 먹고 싶은 내가 횟집 주인에게 이야기를 했더니, 맛있게 먹을 수 있는 방법을 일러주었다.

흰 살 생선은 어떤 것도 상관없다고 해서 넙치를 사서, 회는 뜨지 않고 껍질과 가시를 도려내 큰 덩어리째 가지고 왔다. 서너 명이 먹을 수 있는 양으로, 5센티미터 정도로 자르면 세 쪽이 된다. 그것을 세로로 놓고 나무젓가락 정도의 두께로 썬다.

생선을 그대로 회처럼 썰면 살이 흐트러지기도 하지만 생선살과 평행이 되게 썰면 깔끔하게 자를 수 있다. 볼에 술 1큰술과 소금을 3분의 1티스푼 넣고 잘 섞는다. 여기에 가늘게 썬 생선을 홀홀 뿌리듯이 넣는다. 그리고 젓가락으로 잘 섞어 냉장고 안에 4~5시간 재워둔다. 소금 때문에 살이 단단해지고 술의 감칠맛도 스며들게 된다.

접시에 담아 다른 생선회처럼 간장과 고추냉이에 찍어 먹는다. 평소처럼 먹는 것보다 훨씬 맛있었다.

다음은 술과 소금에 재워둔 생선의 응용편이다. 생선을 펼쳐놓고 그 위에 김을 부숴 접시에 담는다. 그때 듣고 아직 실천에 옮기지는 못했지만, 미리 냉장고에 절여놓은 생선은 김 대신 강판에 간 마와 가늘게 채를 썬 다시마와 무치는 것도 맛있다고 한다.

술과 약간의 소금으로 생선회를 맛있게 먹을 수 있어, 요즘은 친구를 만날 때마다 소개하고 있다.

오월동차

친구와 둘이서 교외에 있는 친구의 집을 방문하게 되었다. 진철을 한 번 갈아타고 가야 하는 곳인데, 선로가 단선인 데다 차가 30분에 한 대밖에 없다고 했다. 30분에 한 대밖에 없다는 전철을 운 좋게 탈 수 있을까. 갈아탈 역이 가까워지자 나는 마음이 조급해졌다.

그리고 역에 내려서는 거의 달리듯 걸음이 빨라졌다. 계단을 오르고 내려 지하도를 건너 교외로 가는 전차 플랫폼에 도착하는 동안, 30분에 한 대라는 전차가 지금이라도 떠날 것 같아 초조했다.

"왜 그렇게 서두르는데?"

함께 간 친구가 신기한 듯이 물었다.

"전차가 와 있을지도 모르잖아."

"그럴까, 벌써 가버렸을지도 모르잖아. 다음 전철이 오려면 한참 기다려야 될지도 모르니까 그렇게 서두를 필요 없어."

친구는 내 뒤를 천천히 따라오며 여유로운 발걸음이다.

나는 여전히 조급해하면서도 그래, 그랬지, 이 친구는 학창시절부터 뭐든 일단은 부정해보고, 거기서 새로 움직이는 타입이었음이 떠올랐다. 때문에 전철을 갈아탈 때도 이 친구는 전철이 벌써 떠났으니 할 수 없지, 다음 차가 올 때까지 30분 천천히 기다리자는 것이다. 반면 나는 서두르면 막 떠나려는 전철을 탈 수 있을지도 모른다며 바둥댔다. 그러면 30분 손해를 보지 않아도 된다고 생각한 것이다.

우리 둘은 사이가 좋은데 어째서 이렇게 다른 걸까. 플랫폼에 도착하니 전차는 없었다. 그리고 12~13분쯤 기다리자 전철이 들어왔다.

우리 두 사람 중 어느 쪽이 더 행복할까 생각해보았다. 나처럼 언제나 거기에 행복이 있다고, 그것을 지금이라도 잡고 싶어 하며 기뻐하고 때로는 실수도 하는 것과 이 친구처럼 다음에 찾아올 행복을 잘 생각해 올라타는 신중한 사람과. 그런저런 생각을 하다보니 어느새 목적지에 도착했다.

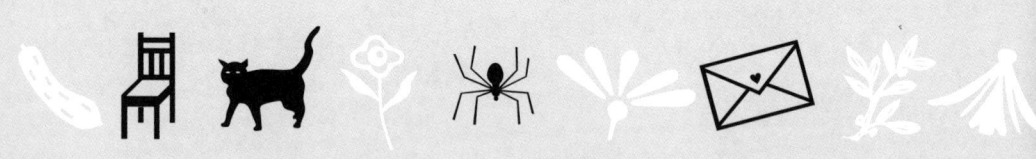

$\cdots\cdots\cdots\cdots\cdots\cdots\cdots\cdots\cdots\cdots$ 10월

메이지시대의 그릇

도라지가 그려진 뚜껑 달린 밥그릇을 발견한 것은 골동품가게라기보다 고물상 같은 곳이었다.

메이지(1868~1912)시대 말에 만든 것으로 몸통이 볼록한 그릇은 백자에 코발트보다 진한 청화로 전체에 당초무늬를 세밀하게 그려놓았다. 뚜껑을 열어보니 뜻밖에도 그릇 안에도 질경이가 가득 꽃을 피우고 있고, 뚜껑 안쪽에도 바깥과 같은 당초무늬가 에워싼 질경이가 그려져 있었다.

뚜껑을 열어볼 때까지 질경이 두 송이가 안쪽에 숨어 있을 줄은 몰랐다. 다섯 개가 한 세트였지만 하나씩도 판매한다고 해서 기쁜 마음으로 하나를 샀다.

집에 돌아와 새삼 바라보니 정말 눈부시고 화려한 그릇이다. 양손으로 감싸며 장인이 그릇에 마음을 담아 그렸을 그때를 떠올려보았다. 그대로 넣어두기가 아까워 그날부터 졸인 반찬이나 때로는 우메보시를 담아 사용하고 있다.

손님이 오셨을 때는 밥그릇으로 쓰기도 하고, 사각형으로 자른 버터를 담으면 버터색이 더욱 선명해 보인다. 또 초콜릿이나 캔디를 담아놓을 때도 있다.

뚜껑이 있어 밥뿐만 아니라 여러 가지로 활용할 수 있는 것도 기쁘다.

말차를 마시는 다기도 조선시대 때 밥그릇이었다고 하니, 아름다운 것은 어떻게 사용해도 아름다운 것이란 생각을 새삼 하고 있다.

인도의 밀크티

 처음으로 인도에 가게 되었다. 홍차, 그중에서도 밀크티를 좋아하는 나는 본고장의 차는 어떤 맛일까 기대에 부풀었다. 홍차에 밀크를 넣어 마시는 것이 인도에서 시작된 것인지, 영국 사람들이 시작한 것인지도 궁금했다.

폼페이 시장을 돌아다니다 작은 찻집을 발견했을 때는 어찌나 반가웠는지. 찻집에 들어가 주인처럼 보이는 사람이 한 잔 한 잔 밀크티를 만드는 손길을 한 시간가량 지켜보았다.

찻집 안은 남자들뿐이었다. 열두세 명이 들어가면 꽉 찰 것 같은 찻집에는 만드는 사람도 마시는 사람도 차를 나르는 사람도 남자이다. 찻집이 위치한 곳은 시장 안에서도 목면을 취급하는 가게가 늘어서 있어, 아침부터 하얀 피륙을 산처럼 쌓은 짐수레가 오고 갔다. 그 틈을 물소를 끄는 할머니와 머리에 바나나를 이고 가는 사람, 사리를 입은 여자와 자동차도 지나간다. 열기와 색과 냄새로 충만한 시장을 멍하니 걸어 다니다 이 찻집을 발견한 것이다. 찻집 안은 온통 남자들뿐이고 말도 통하지 않았지만, 그렇다고 본고장의 밀크티를 마실 기회를 놓칠 수는 없었다.

큰맘 먹고 들어가 손짓을 해가며 차를 주문했다. 밖에 걸린 나무판에는 메뉴인 듯한 예닐곱 종류의 차가 적혀 있었지만 그게 어떤 것들인지 알 수가 없다. 다만 한참을 지켜보고 있자니 그 차이란 찻잎의 좋고 나쁨과 차에 넣은 향료가 다른 것 같았다. 그래서 다시 통하지도 않는 말로 이야기를 했다. 사람들이 마시는 차를 주세요, 하고.

주인처럼 보이는 사람이 불을 잘 지핀 가스화로 앞에 한쪽 무릎을 세우고 앉아 있다. 오른손으로 불에 올려놓은 빨간 구리냄비의 손잡이를 잡고 우선 우유를 따른다. 그리고 다른 항아리에서 또 다른 우유를 따른다.

두 종류의 밀크를 섞는데 하나는 소젖이고 하나는 물소젖이라고 한다. 그리고 스푼으로 찻잎을 덜어 우유에 직접 넣는다. 다음은 설탕이다. 그러는 사이에도 오른손은 쉬지 않고 냄비 속의 우유를 마치 프라이팬에 볶는 것처럼 살짝살짝 움직인다.

이윽고 우유가 끓기 시작하는데 확하고 솟아오르기 직전에 불에서 내려 부풀어 오른 우유거품이 숙하고 잦아들면 다시 불 위에 올려놓는다. 이것을 몇 번이나 되풀이한다. 그러는 동안 냄비의 우유는 커피우유 같은 색이 된다.

이제 됐다 싶을 때까지 일고여덟 번, 그러면 찻잎이 퍼져 차의 색이 다 나오게 된다. 마른 천을 펼친 볼에 담아 거르는데 마지막에는 펀치 같은 것으로 완전히 짠 다음 바로 찻잔에 따라준다.

정말 뜨거운 차다. 차가 다 될 때까지 몇 번이고 끓어올랐기 때문에 밀크티는 좀처럼 식을 줄을 모른다. 이곳 손님들은 밀크티를 찻잔 접시에 따른 다음 접시를 들고 마셨다. 조금 놀라기는 했지만 바빠서인지 서두르기 때문인지, 차가 식는 것을 기다리지 못하는 모양이다. 잔이 다 빌 때까지 밀크티를 접시에 따라 마셨다.

로마에 가면 로마법을 따르라지만, 나는 몸속 깊은 곳까지 데워주는 뜨거운 차를 후후 불면서 컵으로 마셨다. 밀크티라기보다는 달고 우유향이 진한 또 다른 음료 같았다.

한 잔으로 배가 든든하고 땀까지 났다. 목을 축여줄 뿐만 아니라 기운을 돋우는 간식이라고나 할까. 다 마시기가 아까울 정도였다. 잘 배워두었다가 돌아가 직접 만들 수 있도록 주인의 손놀림을 열심히 지켜보았다.

1인분에 우유가 1컵, 홍차는 티스푼으로 가볍게 두 개. 찻잎은 향이 가벼운 것보다 강한 것이 좋은 것 같고, 설탕도 넉넉히 넣어 넘치지 않도록 일고여덟 번 불에서 내려놨다 다시 올린다.

익숙한 주인의 손놀림을 보면 간단해 보이지만, 우유를 볶는 것은 분명 어려울 것이다. 내일도 다시 와야겠다며 찻집을 나섰다.

여왕님의 구두

오래전 텔레비전에서 엘리자베스 여왕에 관한 다큐멘터리를 보았다.

여왕은 상체를 똑바로 세우고 부드러운 미소를 띠며 발걸음도 가볍게 걷고 계셨다. 우리가 보는 여왕은 걷는 모습일 때가 많다. 군중 속과 거리를, 파티장을, 포석과 계단을 우아하게 걷는다. 마치 걷는 것이 여왕의 일 중 하나 같다.

한참을 바라보다 부드럽게 뻗은 발에 굽이 낮고 심플한 구두를 신고 있다는 것을 알게 되었다. 그리고 보니 여왕의 구두는 모두 굽이 낮았다. 멋지게 걷는 여왕의 비결을 알게 된 것 같았다. 만약 하이힐에 앞이 뾰족한 구두였다면 분명 다리가 피로할 것이다.

저 부드럽고 조용한 미소도 이 낮고 걷기 편한 구두가 있기 때문인 것 같았다. 구두의 선진국에서 가장 많이 걷는 여왕님을 통해 중요한 것을 배운 것 같다.

블라우스 단추

오랜만에 프랑스에서 온 친구를 만나기 위해 호텔로 갔다. 친구는 하얀 블라우스에 파란 스커트를 입고 가벼운 발걸음으로 로비에 나타났다.

5년 만의 재회를 반가워하며 소파에 앉아 그동안의 소식과 귀국한 이유 등 이런저런 이야기를 나누었다. 예전부터 말끔하게 멋을 내는 친구였지만, 오늘도 마치 풀을 먹인 것처럼 빳빳하고 동그란 칼라의 블라우스를 입고 있다. 흰색인 줄 알았는데 파란색의 작은 물방울 무늬였다. 거기에 감색과 흰색의 체크 스커트가 스포티한 느낌을 주었다.

레스토랑으로 자리를 옮기기 전에 친구가 잠깐 방에 올라갔다 왔다. 같은 옷인데 뭔가 느낌이 달랐다.

"모처럼의 식사라 멋 좀 내고 왔어."

친구가 보조개를 보이며 말했다.

"이럴 땐 블라우스 단추를 두 개 풀고 액세서리를 해."

그러고보니 친구는 블라우스 단추를 풀고 세 줄로 된 가는 금목걸이를 하고 나왔던 것이다. 그저 그것뿐인데 조금 전의 둥근 칼라에 여학생 같던 분위기가 화려하게 바뀌었다.

2~3분 동안의 변신, 이런 것이 바로 멋을 아는 것이 아닐까 싶다. 식사를 하면서도 자꾸만 친구의 가슴 쪽으로 눈이 가 다시 반하고 말았다.

가지 꽃

올여름에 정말 즐거웠던 일을 소개할까 한다.

가지꽃, 그 작고 엷은 보라색 꽃이 너무 사랑스러워 예전부터 좋아했었다. 등나무꽃의 보라색과도 다른, 좀 더 파란빛을 띤 엷은 보라색 꽃이다. 하지만 요즘은 좀처럼 가지꽃을 볼 기회가 없었다. 그렇다면 직접 심어볼까 하고 생각한 것은 5월 초였다.

꽃집에 가니 100엔에 가지 모종을 팔고 있었다. 화단이 아니라 화분에 심을 예정이라는 내게 그렇다면 커다란 화분에 심으라고 꽃집 주인이 권했다. 가능하면 화로처럼 커다란 화분이 좋다고 했다.

그리고 비료 주는 방법. 화분에 처음 흙을 넣을 때, 깻묵과 골분을 섞어 밑의 3분의 1정도 넣으라고 했다. 흙 3에 비료 1정도의 비율인데 비료가 뿌리에 직접 닿으면 썩기 때문에 주의할 것. 물은 매일 줄 것…… 지나치다 싶을 정도로 친절하게 가르쳐주셨다.

가지 모종 하나와 30센티미터 정도의 커다란 화분, 그리고 깻묵과 골분을 얻어 왔다.

"가능하면 부엌 쓰레기를 모았다가 가끔씩 주는 것도 좋아요."

마지막까지 당부를 잊지 않았다. 꽃집 주인 눈에는 내가 어지간히 불안해 보였나 보다. 애써 키운 모종을 2~3일 만에 죽이는 건 아닌가 걱정이 되었던 게 분명하다.

꽃집 주인에게 배운 대로 흙을 만들어 가지 모종을 심었다. 2, 3일 주의 깊게 살펴보니 싱싱하게 고개를 내민 것이 마치 양손을 벌리고 있는 것 같았다. 처음에는 10센티미터 정도의 모종이었던 것이 쑥쑥 자라 한 달쯤 지났을 때는 30센티미터 정도로 키가 큰 데다 기다리고 기다리던 꽃이 약속한 듯이 피었다.

꽃은 두세 개가 피었다 조금 지나면 다시 두세 개가 피었다. 엷은 보랏빛의 귀여운 꽃이 매일 눈을 즐겁게 해주었다.

그러던 어느 날 이리저리 살펴보다 작고 작은 새끼손가락 끝 마디 같은 가지가 열린 것을 발견했다. 꽃에만 정신이 팔려 있던 나는 놀랍고 기뻤다. 그러고는 그 이후가 더 큰일이었다. 가족들이 매일같이 오늘은 열매가 3센티미터, 오늘은 5센티미터 자랐다며 가지 이야기뿐이었다. 이윽고 6월 말에 처음 꽃을 피웠던 가지가 10센티미터 이상 자라 먹을 수 있게 되었다. 다음에 핀 꽃에도 엄지손가락만한 열매가 달렸다.

드디어 가지를 따는 날. 식구들이 모두 모인 자리에서 두 개를 땄다. 하얀 종이 위에 올려놓은 가지는 야채가게에서 사는 것보다 훨씬 윤기가 흘렀다. 꽃받침 밑은 새하얗고 그 주변부터 분홍색에서 보라색으로 변해간다. 어쩌면 그렇게 아름다운 보라색인지. 식구 모두가 마치 보석을 다루듯이 한 사람씩 번갈아가며 손바닥 위에 올려놓았다.

먹기가 아깝지만 그렇다고 그대로 두면 선도가 떨어질까. 결국 하나는 누카미소(겨된장, 쌀겨에 소금과 물을 넣고 뒤섞어서 띄운 것──역자주)에 넣어 두고 하나는 된장국에 넣어 끓였다. 그 다음은 불에 바로 구워 껍질을 벗긴 다음 생강과 간장에 찍어 먹었다. 겨된장에 넣어둔 가지를 꺼내 보니 색이 정말 먹음직스럽게 변했다.

삼사일에 한 번 두세 개씩, 많을 때는 네 개도 땄다. 친구에게 나누어 주기도 하면서 9월 말까지 65개나 되는 가지를 땄다.

10월에 접어드니 가지도 지쳐 보였다. 그래도 20일경까지는 엄지손가락만한 가지를 열 개 정도 맺었다. 올해는 가지를 하나도 사지 않고 갓 딴 신선한 가지를 먹을 수 있었다.

얼마 전 친구에게 이 가지 이야기를 했더니, 친구도 올해 가지를 심었는데 비가 많이 와서 그랬는지 한 그루에 대여섯 개밖에 딸 수 없었다고 했다. 정성이 부족했나 하며 아쉬워했다.

우리 집에서는 화분에 심었기 때문에 비가 계속되는 날이면 집 안에 들여

놓기도 하고 볕이 좋은 날이면 화분 위치를 바꿔주고, 벌레가 생기지 않았는지 가끔 잎 뒤를 살펴보고 매일 물을 주며 가족 모두가 마음을 쏟았던 것 같다.

꽃이 예쁠 뿐 아니라 가지도 얻을 수 있다. 댁에서도 내년에 심어보시길.

작은 마드무아젤

자주 가지 못하기 때문에 연주를 직접 들으러 가는 일이 더욱 즐겁다. 직접 듣는 음악은 라디오나 CD 등의 기계를 통해 들을 때와는 달리, 뭔가 살갗에 직접 와 닿는 것 같은 기분 좋은 경험이다.

오늘은 쇼팽의 협주곡을 들었다. 일요일 늦은 오후였다.

차가운 날씨였지만 샹젤리제 근처의 극장에는 가족이나 연세가 있는 분들의 모습이 눈에 띄었다. 오랜만에 양쪽 가족이 인사를 나누는 모습, 자연스럽게 멋을 낸 중년 부부, 저녁시간의 연주회장과는 어딘가 다른 편안함을 느끼게 한다. 이날의 연주회는 파리 오케스트라에 지휘는 네덜란드인, 피아노는 아르헨티나인이었다.

내 오른쪽에는 스물두세 살쯤으로 보이는 청년이 스웨터를 입고 앉아있다. 리스트에 이어 쇼팽의 곡이 끝나자 청년이 벌떡 일어나 "브라보! 브라보!" 하며 마지막까지 열렬한 박수를 보냈다. 막 연주를 끝낸 피아니스트와 동향이 아닐까 싶은 생각이 들 정도였다.

왼쪽에는 열 살쯤 되어 보이는 소녀가 앉았다. 엄마와 끊임없이 작은 소리로 이야기를 하고 있다. 두 곡 중에서 엄마는 어느 쪽이 더 좋은지, 나는 쇼팽보다 리스트가 더 좋은 것 같다, 리스트는 어느 나라 사람이야, 피아니스트는 곁에서 보면 생각보다 훨씬 작다든가 하는 이야기들이었다. 보아하니 평소에는 직장에 나가는 엄마 곁에 있는 것이 기뻐 이야기를 그만두지 못하는 것 같았다.

이야기마다 "마망" 하고 고개를 돌려 확인하기 때문에 금발머리가 찰랑거리며 반짝인다.

조금 긴 막간에 이 꼬마숙녀를 열중하게 만든 것은 맞은편 뒤에 앉아 있는 세 사람의 할머니였다. 꼬마숙녀가 말했다.

"저 세 사람 사이가 아주 좋은 것 같아, 할머니나 할아버지는 모두 조금 쓸쓸해 보이거나 슬퍼 보였는데, 모두 저러면 좋겠어. 저 할머니들은 분명히 어렸을 때부터 친한 친구였을 거야. 내가 안느랑 에마뉘엘하고 늘 붙어 다니고 싶을 정도로 사이가 좋은 것처럼, 분명이 좋은 친구겠지?

세 사람 다 옛날부터 음악을 좋아했을까? 엄마, 저것 봐. 저기 진주목걸이를 한 제일 작은 할머니가 노래를 부르고 있어. 귀엽다……. 쇼팽을 아주 좋아하나봐. 세 사람이 같이 와서 기분이 좋은 거겠지?"

또랑또랑하게 신이나 이야기하면 곁에 있는 어머니가 작은 소리로 맞장구를 친다.

아마도 이 꼬마숙녀는 친구란 존재를 처음으로 알기 시작하고, 갖게 된 것이 아닐까. 부모도 아니고 형제와도 다른, 새로운 사람과의 관계를 알기 시작했나보다. 그 기쁨과 집중이 셋이 함께 온 할머니들을 보고 폭발한 것 같았다. 소녀의 혼잣말이 마치 즉흥곡처럼 흘렀다.

～

콘서트장의 불빛이 꺼졌다. 바이올린을 든 오케스트라 단원들이 무대로 나와 우리는 다시 음악 속으로 빠져든다. 마지막은 브람스다.

까만 옷

작년 가을이었다.

까만 터틀넥 스웨터를 입는 날은 마음이 매우 차분해진다는 것을 알았다. 그래서 큰맘 먹고 같은 까만색 스웨터 두 장과 까만 슬랙스도 두 장 구입했다. 이것만으로도 가을에서 이른 봄까지 맘껏 멋을 내고 지낼 수 있었다.

까만색은 어떤 색과 매치해도 그 색을 아름다워 보이게 해주기 때문이다. 오늘은 이 색, 내일은 저 색 하며 맞춰보는 것도 무척 즐거웠다. 까만 터틀넥 스웨터에 까만 슬랙스를 입고 새빨간 반팔 재킷에 금색 목걸이. 또 어느 날은 희고 까만 굵은 줄무늬의 남성용 셔츠를 입는다. 에메랄드그린과 하늘색과도 잘 어울린다.

엷은 갈색의 긴 조끼에 나무로 된 팔찌. 중개 역할을 하는 낙엽색의 스카프가 까만색과 잘 매치되어 마치 가을을 입고 있는 것 같았다.

까만색의 가장 좋은 점은 스웨터에 슬랙스만 입어도 단정해 보인다는 것이다. 일 때문에 갑자기 누군가를 방문하거나 호텔로비 같은 곳에 가야 할 때도 허둥대지 않아도 된다. 게다가 까만 머리를 한 우리에게는 이 색을 입는 즐거움이 더욱 많은 것 같다.

잊은 물건

이번 여름에 친구 넷이서 짧은 여행을 다녀왔다. 그중에는 안 지 얼마 되지 않은 사람도 있어 서로 조금은 조심스럽게 지냈다.

마지막 날 아침에 호텔을 나와 다음 목적지로 이동하기 위해 역까지 온 뒤에야, 내가 호텔에 카메라를 두고 온 것을 알았다. 20분 있으면 기차가 역에 도착할 것이다. 그 기차를 놓치면 이후의 스케줄이 모두 엉망이 되고 만다. 세 친구를 먼저 보내고 나는 나중에 따라갈 생각으로 말했다.

"호텔에 카메라를 놓고 왔어."

순간 세 친구의 얼굴에 긴장감이 돌았다.

"다행이다, 지금 알아서. 나중에 알았더라면 더 큰일이었을 텐데. 빨리 가서 가지고 와."

친구들이 말했다. 한 친구는 호텔 전화번호를 찾으며 휴대전화를 꺼내고, 또 한 친구는 내 짐을 들었다. 그리고 또 한 친구가 내 손을 잡아끌듯이 택시

정거장으로 함께 달려갔다. 정말 눈 깜짝할 시간이었다.

택시를 타고 호텔로 돌아갔다. 그동안 기차가 떠나면 어떡하나 안달이 났다. 프런트로 달려가 방에 물건을 놓고 나왔다고 했더니

"이게 맞습니까? 전화를 주셔서 찾아놓았습니다. 확인해보시지요."

두말할 것도 없이 내 카메라였다. 서둘러 인사를 하고 다시 택시를 타고 역으로 갔다. 그리고 무사히 넷이서 예정된 기차를 탈 수 있었다.

"다행이다, 지금 알아서."

친구의 첫마디가 없었더라면 나는 얼마나 당황하고 또 허둥댔을까. "다행이다" 하고 내 마음을 달래준 세 친구. 이 실수 이후 우리는 더욱 친해졌다.

아름다운 주름

가끔 흰머리가 눈에 띄고 어깨가 결리거나 왼손이 아프기도 하는 등 즐겁지 못한 일이 계속이다. 얼마 전에도 밝은 곳에서 거울을 보다 얼굴에 잔주름이 가득해 그만 소리를 지를 뻔했다. 참 쓸쓸한 일이다.

오랜만에 선배를 방문하게 되었다. 50을 훨씬 넘긴 분인데 지금도 일을 하기 때문인지 늘 젊고 생기가 넘치는 아름다운 분이다.

"오랜만이야, 좀 마른 것 같은데?"

"네, 그래서 잔주름이 많이 는 것 같아요."

내 대답에 선배가 잠시 내 얼굴을 들여다보았다.

"어머……, 그래도 아름다운 주름이네."

아름다운 주름. 이렇게 배려 깊은 표현을 나는 처음 알았다. 그리고는 거울을 볼 때마다 '아름다운 주름'이라 생각하고 바라보면 주름도 그렇게 미워 보이지가 않았다.

'아름다운 주름' …… 내게는 정말 멋진 말이었다.

작은 빵

네덜란드의 암스테르담 거리였다. 렘브란트의 그림을 보기 위해 미술관으로 걸음을 재촉했다. 점심시간 전에 산뜻한 마음으로 명화와 만나고 싶었기 때문이다.

그런데 길을 잘못 들어서고 말았다. 모퉁이를 잘못 돌아 엉뚱한 방향으로 왔다는 것을 알았을 때는 어느 가게 앞이었다.

통유리가 도로 쪽으로 훤하게 나 있어 안이 그대로 보였다. 반짝반짝 잘 닦은 유리 너머에서 모두 가벼운 차림으로 빵을 먹고 있다. 음료수 한 잔에 작고 동그란 빵을 흘리지 않도록 두 손으로 들고 먹고 있다. 샌드위치 재료가 많이 들어 있는 것이겠지. 빵은 작아 보이는데 말이다.

남자라면 세 입에 다 먹을 것 같고, 여자들은 품위 있게 포크와 나이프를 사용하고 있었다. 안 되는데……. 제보다 젯밥에 마음이 쏠리다니.

가게 안에는 열두세 명의 손님이 있고, 테이블 맞은편에는 재료가 진열된 커다란 유리케이스가 놓여 있다. 중년의 부부와 딸로 보이는 아가씨 두 명이 몸을 굽혀 재료를 고르고 있다.

그리고 두세 마디. 하얀 유니폼을 입은 점원이 케이스 안쪽에서 동그란 빵을 들고 나이프로 가운데를 가른 다음, 몸을 구부려 긴 포크로 재료를 잔뜩 끼우고 다시 빵을 재빠르게 덮었다. 그 다음은 셀프서비스다. 어디선가 갓 구운 맛있는 샌드위치 냄새가 났다. 결국 문을 열고 들어가 나도 진열대 앞에 서고 말았다.

눈앞에는 스무 가지 이상의 재료가 진열되어 있는데 가장 안쪽에 로스트비프가 두 종류, 붉은 살과 지방이 많은 로스가 보기에도 맛있게 구워져 있다. 옆에는 이탈리아 파름 지방의 명물인 날햄이다. 소금에 절여 말린 얇은 분홍색의 햄을 비칠 정도로 얇게 썰어 무화과와 함께 먹었던 때의 기억이 혀끝에서 되살아났다.

다음은 로스햄, 기름기가 적당한 고기의 훈제는 내가 좋아하는 음식이다. 저민 생고기는 케이퍼와 양파를 곁들인 타르타르 스테이크. 다음은 마요네즈로 버무린 샐러드들이다. 하나하나 보면 어디선가 먹은 적이 있는 것, 혹은 내가 만든 적이 있는 것이지만 모두 재료를 잘게 썰었다. 삶은 달걀을 다져 마요네즈로 버무린 것은 겨자를 넣은 노란색과 넣지 않은 하얀색 두 종류이다. 오이, 오이와 토마토, 오이와 토마토와 양파도 있다.

달걀과 양파와 게, 마요네즈드레싱이 핑크색인 것은 게가 들어갔기 때문에 케첩을 넣어 산미를 더한 것일까. 보고 있으려니 게샐러드를 먹은 다음 오랫 동안 입안에 남아 있던 부드러운 게의 감칠맛이 되살아난다.

그 다음은 프렌치드레싱 종류. 제철인 채 썬 양배추가 싱싱하면서도 적당 히 부드러워 보이고, 당근을 함께 넣은 것도 있다. 참치 캔과 채 썬 양파를 넣은 것도 맛있어 보인다. 그리고 과일샐러드가 다섯 종류. 나는 게샐러드를 시 작으로 로스트비프, 과일샐러드로 마무리할 생각이었는데, 오렌지에 당근을 갈아 넣고 레몬즙을 짠 샐러드가 너무 예뻐 결국 디저트 샌드위치로 골랐다.

세 개 이상 먹을 수 없는 것이 아쉬웠다. 이 작은 빵에 로스트비프가 다섯 장이나 들어 있었다. 샐러드도 즉석에서 먹기 때문에 드레싱이 빵을 적시지 않아 맛이 싱그러웠다. 샌드위치도 바로 만들어 먹으면 빵도 맛있고 안에 들어가는 재료도 맛있는 것이 마치 생선초밥을 먹는 것과 마찬가지란 생각이 들었다.

돌아오는 비행기에서 마침 네덜란드인이 옆에 앉았다. 나는 암스테르담에서 먹었던 샌드위치집 이야기를 했다. 미소를 지으며 듣고 있던 분이

"네덜란드는 이렇다 할 요리가 별로 없지만 샌드위치는 우리 모두가 좋아하는 음식이지요."

"샌드위치라고 부르나요?"

"아니오, 브로…… 라고 해요."

"브로드?"

"브로디어, broodje 라고 쓰지요. brood는 빵이란 뜻인데 je가 붙으면 작은

빵이 돼요."

풍차의 나라의 맛있는 빵, 기회가 되면 여러분도 꼭 드셔보시기 바란다.

따뜻한 손

한 달 전에 걸린 감기가 겨우 나아 이제는 열도 없고 기침도 나지 않지만, 좀처럼 기운을 차릴 수가 없다.

이럴 때일수록 기운을 차려야지 하고 스스로를 다독이며 뜨거운 욕조에 들어가 목까지 푹 담가보아도 등줄기가 오싹한 것이 오히려 좋지 않다. 식욕도 없어 뭘 먹어도 맛이 없다.

그런 휴일 오후에 친구가 찾아왔다. 감기를 앓은 이후로 몸이 개운치가 않다는 이야기를 하자, 친구가 "내가 쓸어줄게" 하는 것이었다. 그리고 나를 눕게 하더니 손을 펴서 위에서 아래로 등을 천천히 쓸어주었다.

"좀처럼 기운을 차리지 못할 때 이 방법이 의외로 듣는 것 같아. 우리 식구들도 자주 등을 쓸어달라고 해."

친구는 따뜻한 손에 힘을 주면서 30분 동안이나 등을 쓸어주었다. 쌓였던 피로가 풀리는 것이 느껴지면서 나도 모르게 꾸벅꾸벅 졸다 정말로 잠이 들었던 모양이다.

"어때? 좀 개운하니?"

친구 말에 눈을 뜨니 정말로 몸이 개운해졌다. 무겁게만 느껴지던 눈꺼풀이 가벼워져, 차를 준비하러 가는 것이 전혀 귀찮지 않았다. 그러고보니 한동안은 모든 것이 귀찮아 남의 눈도 의식하지 않고 머리손질도 제대로 하지 못했었다.

친구가 조용히 등을 쓸어주는 동안 내 몸이 터널을 빠져나올 뜻밖의 출구를 찾은 것 같다. 어느새 여느 때와 같은 기운을 찾았다.

이렇게 몸을 쓸어주면 몸이 위로를 받을 것이다. 친구의 따뜻한 손길에 몸과 마음이 위로를 받아 다시 건강해졌다.

쥐고개에서

정사각형 말뚝에 고개 이름이, 그 뒤에는 유래가 적혀 있다.

"이 길고 가는 길을 에도시대(1603~1868)에 쥐고개라 불렀다. 다른 말로는 족제비고개라고도 하며, 고개 위쪽이 정원수고개로 이어진다."

뜻밖에 기분 좋은 바람이 불어와 좁은 고개 전체를 굴뚝처럼 불고 지나갔다. 이전에 이곳에 왔을 때는 봄이었다. 쥐고개란 이름이 적힌 말뚝 밑에는 새

 하얀 고양이 한 마리가 양발을 모으고 등을 동그랗게 구부리고 앉아 있었다. 마치 누가 일부러 만들어놓은 것 같은 풍경이었다.

롯폰기와 바로 이웃한 곳에 이런 조용한 고개가 있다는 것이 거짓말 같았다. 그날은 가지가 길가까지 뻗어 나온 활짝 핀 벚꽃에 이끌려 왔었다. 늦은 오후 햇살을 받은 모습이 정말 화사했다.

꽃 아래까지 와 보니 생각보다 큰 나무는 아니었다. 그 집 담을 따라 돌다 보니, 그대로 고개 입구였던 것이다. 이런 곳에 이런 고개가 있다니, 마치 여우에 홀린 것 같았다.

고개 위에 그림자가 나타났다.

쥐고개를 다 넘어 왼쪽으로 꺾어지면 이번에는 완만한 정원수고개가 나온다. 고개 이름이 적힌 말뚝에는 이곳에 정원수를 가꾸어 파는 곳이 많았기 때문에 붙은 이름이라고 써 있었던 것 같다.

그림자가 점점 가까워져 순식간에 언덕을 내려갔다. 몸집이 큰 서양 여자가 러닝셔츠에 반바지 차림으로 조깅을 하는 모양이다. 근처에 사는 사람일까. 커다란 운동화를 신고 무릎을 높이 올리며 숨이 차게 달리면서도 "헬로" 하는 인사를 잊지 않았다.

고개는 다시조용해졌다.

·················· 11월

11월의 석양

주문한 홍차를 기다리며 방금 다녀온 전람회 팸플릿을 보고 있었다.

문득 이마 언저리에 뭔가가 닿은 것 같아 나도 몰래 손을 갖다 댔다. 빌딩들 사이로 비쳐든 저녁 해가 문에 반사되면서 갑자기 내 이마 위에서 반짝였던 것이다. 카페 출입문을 정면으로 보고 앉아 있었다.

까만색 아크릴의 반투명 출입문이 한 장의 캔버스가 되어 타늘어가는 새빨간 저녁노을이 그곳에 머물렀다. 너무도 아름다운 모습에 숨을 죽였다. 그리고 혼자만 그 문을 바라보기가 아까웠다. 마침 옆 테이블에는 대학생으로 보이는 아가씨가 둘이 앉아 있었다.

"저녁 해가 아름다워요, 한번 보세요."

내가 작은 소리로 말했다.

"어머, 정말이네!"

아가씨들 목소리가 커서였을까요, 카페 여기저기서 어머, 아름답다! 하는 감탄사가 튀어나왔다. 정말 짧은 순간이었다. 저녁 해는 금방 그 빛을 잃고 문도 원래의 까만색으로 돌아가고 말았다.

만약 나 혼자 아무 말 없이 바라보았다면 그저 하나의 석양이었을 것이다. 하지만 옆 사람에게 이야기를 함으로써 오늘은 십여 명이서 같은 석양을 바라볼 수 있어서 아름다운 석양이 열 개, 열한 개나 된 것 같았다.

그런 생각들을 하면서 홍차를 마셨다.

가짜 진주

결혼식 피로연에 초대를 받았다.

같은 테이블에는 신부 측 하객이 앉아 무척 화기애애했다. 모두 초면이었기 때문에 서로 자기소개를 하고, 음식 이야기를 시작으로 점점 화제의 꽃을 피웠다.

문득 내 옆자리에 앉은 까만 원피스에 멋진 진주목걸이를 한 분이 눈에 띄었다. 결혼식 하객은 까만 옷을 입는 경우는 거의 없다. 모두가 화려한 색의 롱 드레스를 입고 있어 그분의 까만 옷이 더욱 눈에 띄고 세련되어 보였다. 그리고 까만색이 사람을 아름다워 보이게 한다는 것도 새삼 알게 되었다.

"까만색이 잘 어울리시네요. 정말 근사하세요."

내가 말을 걸었다.

화려한 피로연이 끝나서 복도로 나왔다. 그때 뒤에서 내게 말을 거는 분이 계셨다.

"댁도 까만색을 좋아하세요?"

같은 테이블에 앉았던 분이었다.

"제 얘기 좀 들어주실래요? …… 오늘 말도 못할 실수를 했거든요. 실은 기모노를 입고 오려고 준비를 하다보니 시간이 너무 아슬아슬했어요. 서둘러 현관으로 뛰어나오다 글쎄 현관 손잡이에 소매가 걸려 뜯어진 거예요. 그렇게 당황했던 적은 처음이에요.

할 수 없이 장례식 때 입는 까만 원피스를 꺼내 입고 목걸이로 화려해 보이게 할 수 없을까 생각했지요. 이것 보세요. 한 줄짜리와 두 줄짜리 진주목걸이 외에는 장난감 같은 가짜예요. 이걸 두 줄로 해서 건 거예요. 그래도 이걸 하고 나니 신기할 정도로 화려해 보였어요. 가짜 진주귀고리도 세트로 있어서 다행이었지요."

가짜 진주라는 엷은 핑크빛 목걸이를 보여주셔서 만져보니 플라스틱 같은 소재로 1.5밀리미터 정도의 커다란 알이었다.

"오늘은 이 가짜 목걸이 덕을 톡톡히 봤어요. 가지고 있던 진짜 목걸이만으로는 너무 허전했거든요."

구두도 까만색이었지만 핸드백은 기모노용으로 보이는 은색 비즈였다. 은색 핸드백이 까만 원피스와 잘 어울렸다.

"아까 테이블에서 까만색이 멋있다고 칭찬해주실 때까지, 결혼식에 까만 옷을 입고 온 것이 이만저만 마음에 걸리지 않았어요. 이럴 거면 차라리 오지 말걸 하는 생각이 들 정도였지요. 그런데 한마디 칭찬을 해주셔서 마음이 어찌나 홀가분해졌는지, 감사하다는 말을 드리고 싶어서 따라 나왔어요."

나도 멋진 이야기를 들었다.

일요일의 그림

늘 다니는 길이니 분명 보았을 것이다. 그런데 어째서 지금껏 알아차리지 못했을까.

일요일인 오늘, 저 창의 사무실도 휴일이다. 늘 켜 있는 전기 대신 창 가득 멋진 그림이 그려진 것을 발견한 것이다.

3층에 있는, 옆으로 긴 창문이다. 하얀색 페인트칠이 된 가는 창틀은 산뜻한 액자이고 유리창은 캔버스이다. 캔버스 가득 감나무 가지와 빨간 열매가 그려졌다. 그림 오른쪽 위에는 사선으로 전선 세 줄이 보이다. 여간 대담한 구도가 아니다.

세 줄의 전선 밑에는 구름이 비친다. 새하얀 구름이 그림 한가운데서 조금씩 흘러가고 있다. 제법 흐름이 빠르다. 움직이지 않는 감나무 가지와 전선 세 줄, 그리고 흘러가며 모습을 바꾸는 구름. 일요일의 빌딩 창에 자연이 그려낸 그림이다.

다시 발걸음을 옮겨 산책을 계속한다.

일요일의 거리는 참으로 멋지다.

작은 사과

손 안에 쏙 들어갈 정도로 작은 사과다. 걸어가며 한입 베어 물었다. 아삭하는 소리와 함께 사과즙이 튀었다. 생각보다 딱딱하지도 시지도 않은 달콤한 향기가 입안에 가득하다.

산책을 하고 있는 곳은 미국의 작은 대학도시이다. 이틀 정도의 짧은 일정으로 왔는데 이곳 주민은 대학생이거나 대학과 조금이라도 관련이 있는 사람들뿐이다. 키 큰 나무가 가득하고, 어디까지가 대학 캠퍼스이고 어디까지가 도로인지 분간이 가지 않는다.

밝은 햇살이 비치는 잔디를 밟으며 젊고 다리가 긴 젊은이들이 경쾌하게 걷고 있다. 사과를 먹으면서 나도 걸었다. 갑자기 다람쥐가 나무 밑동에서 나타나 나는 그만 걸음을 멈췄다. 다람쥐가 내 앞까지 와서 열매를 줍더니 꼬리를 세우고 양손을 눈높이까지 가져간다. 그러고는 유리 같은 눈동자를 굴리며 입으로 가져간다. 열매를 먹나 가만히 살펴보았더니, 눈과 손과 입을 바삐 움직이며 잔디에 구멍을 파고는 열매를 묻었다. 겨울 채비를 서두르는 다람쥐였다.

하늘이 무척이나 높다. 이렇게 사과를 먹는 것은 몇 년 만일까. 아까 대학가에 있는 '사과나무'란 가게에서 얻은 것이다.

포스터나 생일카드, 직접 만든 도기 등 젊은이들이 좋아할 만한 잡화상이었는데 가게 입구에 사과가 가득 쌓여 있었다. 30~40킬로그램은 되어 보였다. 과일을 딸 때 쓰는 커다란 바구니에 사과를 따서는 그대로 가지고 온 듯 커다랗게 'FREE APPLES'라고 적혀 있었다.

프리 애플, 마음대로 가져가란 뜻이겠지만 가게 안으로 들어가 작은 물건을 산 다음 계산대에 있는 아가씨에게 물어보았다.

그는 가게 주인인 부모님이 과수원을 가지고 계셔서 사과나무 밑에서 사과를 먹으며 자랐다고 하다. 가게 이름도 거기에서 연유한 것이겠지. 가을에 사과가 익는 무렵이면 주인은 추억이 서린 과수원에서 이렇게 사과를 가지고 와 모두에게 나누어 준다고 했다.

이제 곧 사과 심지이다. 낯선 도시에서 뜻밖의 선물을 받았다.

잃어버린 그림엽서

자칫 실수로 그림엽서를 쓰레기통에 버리고 말았다.

뒤늦게 사실을 깨닫고는 건물 앞 쓰레기처리장으로 뛰어 내려갔을 때는 마침 수거차가 떠난 다음이었다.

그 엽서는 루마니아에서 온 것이었다. 엽서를 잃어버림으로써 나는 여행지에서 알게 된 그녀와 더 이상 연락을 할 수 없게 되었다. 주소는커녕 이름도 정확하게 기억하지 못한다. 맥없이 계단을 오르면서 멀리 흑해 부근 해수욕장 휴게소에서 복권을 팔고 있을 그녀의 모습을 떠올렸다.

그녀를 처음 만난 것은 일 년 전 여름이었다. 바닷가 근처에 있는 호텔에서

244

며칠 묵으면서 1층 사무실에서 타이피스트로 일하는 그녀와 아침저녁으로 얼굴을 대하고는 인사를 나누게 되었다.

일본으로 돌아오던 날, 그녀는 내게 우표를 모으고 있는데 엽서를 보내줄 수 있는지 물었다. 나도 답장을 쓸게요, 하며 다정한 미소로 말했다. 50대로 보이는 사람이었다.

 이번 여름 동유럽에 갈 일이 있었던 나는 엽서를 보내지 않은 그녀를 떠올리며 혹시라도 만날 수 있기를 바라며 우표를 모아 갔다. 대부분 일본 우표였다.

두 번째 방문한 바닷가 도시는 1년 사이에 많이 변한 것 같았다. 레지 붐 온 사회주의 국가에서도 마찬가지인 듯 해안으로 가는 기차는 초만원이었고 그녀가 타이핑을 하던 사무실도 기념품가게로 변해 있었다. 그리고 그녀의 모습도 볼 수가 없었다.

그날 오후 파도가 높은 차가운 바다에서 헤엄을 치고 한 휴게소에 들어갔다. 커피를 마시며 햇살로 반짝이는 모래사장을 멍하니 바라보고 있었다. 그런데 밀짚모자를 쓴 여자가 다가온다 싶더니 눌러쓴 모자를 위로 올리며 내게 말하는 것이었다.

"당신은, 어째서, 여기에, 있습니까?"

띄엄띄엄한 불어였다. 나 또한 그녀만큼이나 놀랐다. 10만이 넘는 인파 속에서 그녀와 다시 만난 것이다.

함께 바다를 바라보며 커피를 마셨다. 내가 가지고 온 우표를 꺼내자 그녀는 눈시울을 적셨다.

"사무를 보는 것보다 이렇게 복권을 파는 것이 더 돈이 되요."

그녀가 목걸이처럼 엮은 복권을 보여주었다. 철사로 된 줄에 복권이 잔뜩 꿰어 있었다. 그 자리에서 동전으로 긁어 당첨된 금액을 받을 수 있는 것이라 했다.

"돈을 모아 외국에 한번 나가보고 싶은데 갈 수 있을지 모르겠어요. 편지를 쓸 테니 꼭 답장을 주세요. 우표를 모으는 일이 무척 즐거워요. 오늘은 정말 고마웠어요."

그녀가 다시 복권을 목에 걸고 바닷가로 나갔다.

엽서를 잃어버렸으니 우표를 보낼 수가 없게 되었다. 그녀에게 우표는 우편물을 보내는 수단이 아니라, 외국으로 열린 작은 창 같은 것이었겠지. 그런 생각이 드니 엽서를 잃어버린 것이 더더욱 후회스럽다.

겨울나무들

일요일 오후였다.

엷은 물빛 계절을 잊어버릴 것 같은 부드러운 하늘이 펼쳐 있다. 친구의 권유로 차를 몰고 파리 교외로 떠났다.

파리를 벗어나 30분쯤 달리다 포플러 가로수와 만났다. 잎새를 떨군 포플러가 고속도로 변에 병풍처럼 일렬로 늘어서 있었다. 엷은 물빛 하늘을 배경으로 마치 그림처럼 서 있다. 가운데가 풍성하게 부풀어 있고 위로 갈수록 좁아진 가지들은 똑바로 서 있는 것 같으면서도 어느 한쪽으로 조금씩 기울어 있다.

나무도 아무 말 없이 혼자 서 있는 것은 쓸쓸하겠지, 기울어진 가지와 가지가 서로 이야기를 나누는 것 같기도 하고 고개를 갸웃거리고 있는 것도 같다. 지나치려다 뒤를 돌아보면 이번에는 세로로 일렬로 서 점점 작아진 모습으로 뒤따라온다. 얌전하게 줄지어 서 있던 영국의 초등학생들의 모습이 떠올랐다.

포플러에 이어 이번에는 잡목림이 나타났다. 하나씩 무리를 이룬 나무들이 나타나더니 자동차 양쪽으로 길게 이어졌다. 숲이 깊어질수록 은빛 쥐색에서 까만색까지 가지와 줄기가 얽혀 신기한 모양의 줄무늬를 만들었다. 너무도 아름답고 신비로워 아무 말도 못하고 있는 내게 핸들을 쥔 친구가 시선을 고정한 채 말했다.

"낙엽이 질 무렵이면 잎이 여기까지 날아와 차에서 내리지 않을 수가 없단다. 안쪽으로 좁은 길이 몇 개나 나 있는데 발을 들여놓으면 점점 더 들어가고 싶어져. 낙엽이 허리까지, 정말 허리까지 푹 빠질 정도야.

이미 봤니? 진입로에 서 있는 나무에 넘버플레이트가 붙어 있어. 저기, 25, 26, 27이라고 써 있는 거. 요소요소에 안내표지가 될 번호가 적혀 있어. 저 번호만 외우고 있으면 원래 자리로 돌아올 수 있지. 저 안쪽에는 에리모르란 나무가 있는데 이 일대의 주인장 같은 거대한 나무야.

봄에 다시 오자. 겨울 숲은 따뜻해 보여도 막상 나가면 너무 춥거든."

247

자동차가 잡목림을 빠져나가 성벽으로 둘러싸인 작은 마을로 들어섰다. 크고 작은 돌을 쌓아 올린 중세의 성벽 안쪽에는 망루를 얹은 문이 있어 들어서니 갑자기 공기마저 적적하게 느껴졌다.

차에서 내려 아무 말 없이 앞서 가는 친구 뒤를 따르니 죽 늘어선 집들을 따라 휘어진 길이 작은 여관 같은 호텔로 이어져 있었다.

 당초무늬의 철문. 큰길 쪽으로 나 있는 높은 창에는 스테인드글라스가 보인다. 호텔 분위기에 어울리게 나이 든 벨보이의 안내를 받으며 홀로 들어가자, 오후의 티타임을 즐기고 있는 초로의 프랑스인 부부 두 쌍이 마치 그림을 대하듯 창밖 풍경을 바라보고 있다.

천장에서 바닥까지 한 장으로 된 커다란 유리창은 투명하게 말끔히 닦여 있다. 창 너머에도 겨울나무들이 서 있고 그 앞에는 강이 흐르고 있다. 맞은편에 서 있는 나무들이 강에 그림자를 드리우고 있다. 강물이 이따금 반짝거린다.

오늘 하루는 나무의 아름다움에 흠뻑 빠져 지냈다. 창밖이 서서히 어두워졌다. 타르트와 함께 차를 마셨다. 사과가 듬뿍 들어간 새콤달콤하고 맛있는 타르트였다.

호텔에 도착했을 때는 새까맣게 보이던 건너편 기슭의 나무들도 이제는 땅거미와 같은 색이 되었고 바람이 부는지 일제히 흔들렸다.

빨간 램프가 나무들과 겹쳐졌다. 깜짝 놀라 일어서니 램프는 나무들을 비추던 강가로 떨어졌다. 뒤를 돌아보니 철제로 된 샹들리에에 막 불이 켜졌던 것이다.

오고 가는 데 네 시간 정도였지만, 멀리 여행을 다녀온 것 같았다.

오자미

작은 상자에서 어머니가 만들어주신 오자미가 나왔다. 기모노의 자투리로 만든 것인데 비단이 아직도 선명한 제 빛깔이다. 안에 넣은 팥의 양도 적당해 손에 쏙 들어온다. 오래된 짐을 정리하던 중이었지만 잠시 뒤로 미루고 천장을 향해 오자미를 던져보았다.

"하나, 두울."

손을 움직이니 저절로 노래가 나온다. 하지만 어렸을 때와는 달리 많이 서툴다. 어린 시절에는 자신 있는 놀이 중의 하나였는데.

어렸을 때 툇마루에 앉아 여동생과 오자미를 하던 때를 떠올리며 반갑고 그리운 마음에 오자미를 던져보았다.

아주 짧은 시간이었는데도 신기할 정도로 어깨가 풀리고 기분도 상쾌해졌다. 생각해보면 부엌일이며 빨래와 청소, 책을 읽는 것 모두 고개를 숙이고 하는 것이 대부분이지만 오자미는 그렇지가 않다. 고개를 위로 하고 가슴을 펴고 양손을 크게 움직여야 하므로.

그리고 하나, 둘, 셋 큰 소리를 내보았다. 이것도 즐거운 운동의 하나가 아닐까 싶다. 오자미가 이렇게 생각지도 못했던 간편한 운동이었다니. 동심으로 돌아가 해보면 어떨까.

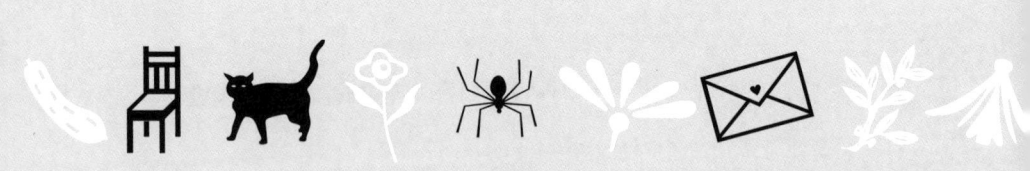

················· 12월

휘파람

버스를 기다리고 있었다.

아직 10시 전인데도 한밤중처럼 느껴지는 것은 상점의 불빛이 꺼졌기 때문일까. 차가운 밤바람에 손가락이 곱아들고 금방이라도 눈이 내릴 것 같은 하늘에 저절로 코트 깃을 세우고 가방을 끌어안게 된다.

정거장에는 대여섯 명이 묵묵히 버스를 기다리고 있었다. 그런데 갑자기 휘파람소리가 들렸다. 처음에는 약간 주저하는 듯했지만 점점 멜로디에 취해 높고 낮은 소리를 자유자재로, 성가대의 보이소프라노 같은 소리가 밤하늘에 퍼졌다. 가만 듣고 있으니 귀에 익숙한 멜로디……. 영화 '어느 사랑의 멜로디' 의 주제가였다.

살짝 고개를 돌려 소리의 주인공을 바라보았다. 골프가방을 든 흰머리의 남자분이 하늘을 올려다보며 휘파람을 불고 있다.

휘파람소리가 분주했던 하루의 피로를 한순간에 씻어주었다.

빨간 불빛을 반짝이며 버스가 오는 것이 보인다.

밀크티

금방이라도 눈이 내릴 것 같은 날씨였다. 윙윙거리는 바람소리에 쫓기듯이 전철역에서 20분 정도 걸어 겨우 친구 집에 도착했다.

"많이 추웠지? 내가 금방 밀크티 만들어줄게."

친구가 깨끗이 정돈된 식탁으로 나를 안내하며 말했다. 부엌으로 들어가 손잡이가 달린 노란 법랑냄비에 물 두 컵을 붓고 불에 올려놓았다. 물이 금방 끓기 시작했다.

"이제 시작할게."

냄비 뚜껑을 열고 물과 같은 양인 우유 두 컵을 넣었다. 그리고 홍차를 가볍게 한 큰술 넣었다. 찻잎에서 나온 붉은색이 하얀 우유에 원을 그리기 시작했다.

"거품이 일면 금방 돼."

친구가 하얀 찻잔을 뜨거운 물에 데우며 말했다. 이윽고 거품이 일었다. 뜨거운 홍차를 쇠조리로 걸러 따뜻하게 덥힌 찻잔에 따랐다. 설탕을 넣고 한 모금. 평소 밀크티를 즐기기 때문에 까다로운 내게도 더할 나위 없는 맛이었다. 깊이 있고 향기로우며 뜨거운 밀크티.

"어때? 입에 맞니?"

친구가 물어봤을 때는 벌써 찻잔이 비어 있었다.

"한 잔 더 마실 수 있어?"

이번에는 밀크의 부드러운 맛을 음미하며 천천히 마셨다.

친구가 만들어준 밀크티는 정말 맛있었다. 지금 생각해보니 포트에 끓인 물이 아니라 부엌 불 옆에 앉아 바로 만든 밀크티를 그 자리에서 후후 불며 마셨던 것도 맛을 더해주었던 것 같다.

파란 스카프

오랜만에 친구가 일하는 긴자의 사무실을 찾아갔다. 밤색 셔츠블라우스에 베이지색 바지 차림으로 나온 친구가 잠깐만 기다려달라며 안으로 들어갔다.

"다 끝났어. 많이 기다렸지?"

다시 나온 친구는 까만 코트에 화사한 에메랄드그린의 커다란 베레모를 쓰고 같은 색의 긴 스카프를 늘어뜨리고 있었다. 신호등의 파란 불빛 같은 그린이 까만 코트 덕에 더욱 화사해 보였다.

50을 넘긴 친구의 맑고 산뜻한 모습에 그만 숨을 죽이고 말았다. 베레모와 스카프의 그린이 조금은 피로해 보이던 친구의 얼굴을 화사하고 생기 있게 바꾸어주었던 것이다. 멋진 변신에 놀라고 있는 내게 친구가 말했다.

"이 베레모 색은 어떤 색과도 어울리는 게 아니야. 모자랑 어울리는 스카프를 찾다 마침 같은 색 스카프를 만나게 됐지. 찾는 데 1년 가까이 걸렸어. 어찌나 반가웠던지……."

식사를 하며 친구가 말했다.

"지금의 내게 이 베레모와 스카프는 정말 소중한 아이템이야."

일이 끝난 다음의 지친 얼굴과 분위기를 끌고 가지 않기 위해, 그 베레모와 스카프는 변신을 위한 중요한 도구였던 것이다.

나누어 먹기

"후쿠오카에서 받은 선물이지만, 같이 먹어."

친구가 유자 일곱 개를 나눠 주었다. 향이 무척이나 좋았다. 껍질을 가늘게 채 썰어 밀폐용기에 넣어두고 맑은 국에 띄우기도 하고 절인 채소 위나 생선구이, 햄버거 위에 얹는 등 날마다 식탁에 올렸다. 향기 덕에 평소의 식탁이 풍성하고 여유로워진 것 같았다. 두부를 데쳐 유자즙을 넣은 간장에 찍어 먹기도 하고 샐러드드레싱이나 나물 등에 넣으면 왠지 사치스러운 기분이 들기도 했다.

네 개를 다 먹을 무렵 집에 친구가 놀러 왔다. 추운 날이었다. 유자즙을 넣고 평소보다 조금 달게 갈분죽을 만들고 작은 접시에는 채를 썬 유자껍질과 스페인산 백포도주인 셰리주를 따라 양념 대신 내었다.

유자향과 셰리주의 향이 한데 어우러져 맛있다며 친구가 감탄을 하면서 접시를 깨끗이 비웠다. 친구가 좋아하는 모습을 보니 나도 기분이 좋아 남은 유자 두개를 싸주었다. 복을 나눠 받고 또 나누어주었다. 이곳저곳으로 간 유자도 무척 기쁠 것이다.

낡은 시계

아까부터 내리던 비가 우박이 되어 때때로 쓸쓸한 소리를 내며 창가에 부딪친다. 이제 곧 눈으로 바뀌겠지. 일요일의 해질녘 홍차를 끓인다. 레몬향이 방 안에 가득하다.

뿌얘진 창으로 밖을 내다보고 있는데 낡은 벽시계가 땡, 땡하고 울리기 시작한다. 이 시계는 오랫동안 벽장에 넣어두고 한동안 잊고 지냈던 것이다. 언젠가 어느 댁을 방문했을 때 낡은 시계소리를 듣고 그리운 마음에 다시 걸게되었다.

가로 15센티, 세로 60센티 정도의 긴 벽시계로 위에는 손으로 조각이 되어있다. 내가 태어나기 전부터 집에 있던 시계라고 한다. 이사를 할 때마다 장소를 바꿔 걸었었다.

시계가 벽장 속에 넣어둔 동안 병이 난 모양이다. 시각과 울리는 횟수가 틀려, 일곱 번 울리면 9시, 벨이 두 개씩 모자라게 되었다.

좀처럼 잠을 이루지 못하는 밤에 새벽 1시가 지났는데 땡, 땡 시계는 천천히 11시를 알린다. '그렇게 초조해할 것 없어. 이제 금방 잠이 들테니까' 하는 소리처럼도 들린다.

시계소리를 듣고 있으면 이 낡은 시계를 아끼던 할머니와 할아버지가 떠오르고, 어렸을 때 얼른 간식시간인 3시가 되지 않을까 시계 밑에서 기다리던 생각…… 시계에 얽힌 옛 추억들을 떠올리다 보니 어느새 주위가 어두워졌다.

 버스 안에서

오후 시간의 버스에는 승객이 많지 않았다. 승객들이 띄엄띄엄 앉아 있었고 빈자리도 눈에 띄었다.

정거장에 서자 40대 여자승객 한 명이 버스에 올라탔다. 평소에는 별로 버스를 이용하지 않는 사람 같았다. 운전수 옆의 요금을 넣는 곳에 서서 가방을 열고 지갑에서 천 엔짜리를 한 장 꺼냈다. 하지만 이 버스는 천 엔짜리를 쓸수가 없었다.

"혹시 천 엔짜리를 바꿔주실 분 계세요?"

여자가 앉아 있는 승객들에게 물었다. 그러자 가장 앞에 앉은 사람부터 제일 뒤에 앉은 사람까지 승객 모두가 지갑을 꺼내 확인하는 것이었다. 거짓말처럼 한 명도 빠짐없이. 결국 입구에서 가장 가까이에 앉아있던 승객이 돈을 바꾸어주었다. 모두 미소 띤 얼굴로 지갑을 가방에 넣었다.

사람이란 참 따뜻하구나……, 갑자기 마음까지 따뜻해진 것 같다. 하지만

나 혼자만이 그 광경을 지켜보느라 지갑을 여는 것을 잊고 있었다.

한 명 한 명에게

한동안 독일에서 살다 온 친구에게 들은 이야기이다.

어느 나라고 가장 좋은 대접은 손님을 집으로 초대하는 것일 게다. 나도 독일인 노부인을 초대해 일본의 가정요리를 대접하기로 했다.

초대를 기뻐하신 슈타인 씨는 녹색 실크 원피스에 기다란 진주목걸로 멋을 내고 오셨다. 그날 밤 가장 기억에 남는 것은 슈타인 씨의 선물이었다.

우선 연두색 마로 된 작은 테이블클로스. 그녀가 직접 무늬를 고안해 수를 놓아 내게 선물해주셨다. 그리고 초등학교 2학년인 딸아이에게는 스케치북, 밑의 아들아이에게는 조그만 미니카, 어머니에게는 예쁜 상자에 든 초콜릿을 주셨다. 그리고 남편에게는 와인 한 병과 손잡이가 포도나무 뿌리로 된 오프너를 주셨다.

결국 가족 모두가 선물을 받은 것이다. 초대한 손님에게 한 명 한 명 선물을 받은 것이 처음이라 놀랍고 한편으로는 무척 기뻤다.

그리고 얼마 뒤 또 한 손님을 초대하게 되었다. 그때도 마찬가지였다. 내게는 분홍색 장미 꽃다발을, 두 아이에게는 초콜릿을 무늬가 다른 포장지에 싸서 리본을 달아 오셨다. 어머니에게는 작은 오데코롱을 남편에게는 페퍼민트 향의 애프터에이트(After Eight) 한 상자를 주셨다.

친구의 이야기를 들으면서 작지만 가족 한 사람 한 사람에게 선물을 주는 멋진 방법이 있다는 것을 알았다.

마망 마망

맞은편에 사는 미셸은 서른 정도의 나이로 결혼 전에는 에어프랑스의 승무원이었다고 한다.

인정미 넘치는 동네의 파리지엔.

커피를 좋아하고 수다도 좋아한다.

목소리가 예뻐 아침에 맞은편 창에서 "봉주르" 하는 인사가 들리면 신선한 바람이 함께 불어오는 것 같다. 딸이 둘 있는데 위의 아니에스가 일곱 살, 밑의 베아트리스는 다섯 살, 금발의 프랑스 인형 같은 꼬마숙녀들이다. 두 아이가 학교를 다니게 되어 오전부터 오후 4시까지 겨우 자기 시간을 가질 수 있게 되었다고 했다.

다시 일을 하고 싶다는 이야기를 들은 것 같아, 별 뜻 없이 물어보았다.

"아이들이 좀 더 클 때까지는 일을 쉴 생각이에요. 또 할 일도 많아서……."

"어떤 일들?"

"어머니랑 함께 점심을 먹어요."

"어머……."

뜻밖의 대답이었다.

"어머니가 지금도 일을 하세요. 빅토르위고 거리에 있는 부티크에서 회계를 보지요……. 그래서 점심시간에 맞춰 나가 함께 식사를 해요. 대단한 식사가 아니라 카페테리아 같은 데서 샌드위치를 먹는 정도예요."

미셸 집에서 한 번 뵌 적이 있는 몸집이 작고 안경을 끼신 분이 떠올랐다. 교외에 사시는 부모님이 건재하시다는 이야기는 들었지만 어머니가 아직도 일을 하시는 줄은 몰랐다.

점심시간, 화려한 빅토르위고 거리의 카페테라스에서 미셸과 어머니가 즐거운 대화를 나누는 모습을 상상할 수 있었다. 마음이 따뜻해지는 풍경이다. 마망, 마망 하고 어머니를 부르는 미셸의 밝은 목소리가 들리는 것 같다.

작은 꽃접시

"정말 예쁜 접시네요."

위스키 봉봉을 대여섯 개 담은 유리접시가 테이블클로스에 장밋빛 그림자를 드리우고 있다. 이제 막 피기 시작한 장미꽃잎 색이라고 하면 좋을까, 분홍색 카네이션 색이라고 하면 좋을까. 가장자리도 부드러운 테두리를 두른 것처럼 매끄럽고 접시 전체가 마치 한 송이 꽃 같았다. 이렇게 멋진 유리접시를 본 것은 처음인 것 같다.

여쭤보니 전쟁 전에 그분의 어머니가 구입하신 벨기에산이라고 한다. 접시 뒤쪽에 가늘게 벨기에라고 조각이 되어 있었다.

접시 이야기를 나누다 봉봉을 다른 접시에 옮기고는 "그렇게 마음에 드신다니" 하며 그 접시를 내게 주시는 것이었다.

"제게 주시면 짝이 안 맞잖아요."

오랫동안 소중하게 간직한 접시를 선뜻 주시는 그분의 대담함에 오히려 내가 당황하고 말았다.

"여섯 장 있던 접시지만 당신처럼 마음에 들어 하는 분들께 이미 세 장을 나눠 드렸어요. 그러니까 사양하지 않으셔도 돼요. 세트라고 찬장 안에 그저 간직하고 있기보다는 한 장씩 한 장씩 사용해야 접시의 아름다움이 사는 것 같아요."

하시며 어느새 종이에 접시를 싸고 계셨다.

그때 받은 접시는 지금 내 책상 한쪽에 놓여 있다. 물을 담아 꽃잎을 띄우기도 하고 나뭇잎을 장식할 때도 있다. 물론 접시를 처음 봤을 때처럼 캔디나 초콜릿을 담을 때도 있다.

회색 바다와 섬

지금도 그 잿빛 바다를 잊을 수가 없다. 하늘과의 경계가 분명치 않은 바다에 좀처럼 볼 수 없다는 햇살이 비쳐들어 은빛으로 반짝이고 있었다. 몇 겹의 구름 사이로 겨우 찾아든 그런 빛이었다.

그곳은 유럽의 끝 아일랜드, 그중에서도 전기조차 들어오지 않는 섬이었다.

단단히 준비를 하고 떠난 여행이었지만 너무도 추워 스웨터에 재킷을 입고 그 위에 레인코트와 머플러에 모자까지, 모양새를 확인할 여유도 없이 가지고 온 것을 모두 껴입고 걸었다. 아무리 걸어도 쉴 만한 카페나 레스토랑을 찾을 수가 없었다. 바닷물을 머금은 바람이 매서웠지만 그것을 피할 나무조차 없었다.

문명으로부터 잊힌 곳 같은 변경의 섬. 그런 섬이지만 미국에서 여행을 온 부부를 만나 함께 다니게 되었다. 섬을 둘러보고 본섬으로 가기 위해서는 저녁 무렵 프로펠러기가 오기를 기다려야 했다.

부인이 콧물을 훌쩍이기 시작했다.

"어디 들어가 차라도 부탁해볼까요?"

작은 어촌이었다.

"헬로."

내가 먼저 안으로 들어갔다.

"배가 너무 고파서요. 갑자기 찾아와 폐가 되는 줄은 압니다만, 뭐 좀 먹을 수 없을까요?" 스토브를 지펴놓은 봉당에서 할머니와 손자들로 보이는 아이 둘이 놀고 있고, 유모차에서는 아기가 잠을 자고 있었다.

커튼으로 가린 옆방에서 금발의 젊은 아가씨가 나왔다.

"들어오세요."

갑작스러운 방문자가 당황스러웠을 텐데 섬사람들은 말 수가 적었다. 옷장 서랍에서 테이블크로스와 냅킨을 꺼내 방 한쪽에 테이블을 마련했다.

"일부러 그렇게 하지 않으셔도 돼요."

"늘 이렇게 하는걸요."

빵과 잼과 버터와 밀크. 장식장에서 손님용으로 보이는 찻잔과 컵과 포트를 꺼냈다. 스토브에서는 물이 끓고 있다.

"드세요."

"감사합니다."

따뜻한 홍차향이다.

걸쭉할 정도로 진한 우유이다.

설탕을 세 스푼 넣었다. 목을 타고 들어가 몸에 젖어든다.

"와아, 맛있다. 염소젓이에요?"

"네."

몸이 녹으면서 콧물이 더욱 신경 쓰이는 미국인이 손수건을 대면서 내가 궁금했던 것을 물어보았다.

"이 빵은?"

"아침에 구운 거예요."

"홈 메이드군요."

미국인 부부가 서로 얼굴을 마주 보고 고개를 끄덕였다. 크고 모양도 비틀어지고 두드리면 소리가 날 것 같은 딱딱한 빵이다. 안아 올려 자른 살색의 두꺼운 빵에 버터와 잼도 듬뿍 발라주었다.

"빵은 또 있으니까 많이 드세요."

세 사람이 먹는 모습을 보고는 다시 빵을 잘랐다.

"당신은 정말 아름다워요!"

나중에 되돌아보니 그때 어째서 갑자기 그런 말이 튀어나왔는지 모르겠다. 빵이 맛있고, 홍차도 향기로웠다. 그리고 우리를 맞아준 그 마음이 가슴에 와 닿았기 때문이었겠지. 그 집으로 뛰어들었을 때, 지상의 끝 같은 이런 쓸쓸한 어촌에 이렇게 아름다운 사람이 있을 줄은 상상도 못했다.

금발의 머리카락이 볼을 따라 흘러내려 작고 하얀 얼굴을 감쌌다.

"머리는 직접 손질하나요?"

"아니요, 배를 타고 본섬에까지 나가요."

지금 먹고 있는 잼과 설탕, 홍차도 저 거친 바다에서 배를 타고 온 귀중한 것들이었음을 새삼 깨달았다.

미국인 부부가 지폐를 접어 찻잔 밑에 밀어 넣었다. 그리고 뭔가 말을 하려는 나를 손짓으로 막았다.

금발의 그녀는 우리가 어디에서 왔는지, 어느 나라 사람인지, 무엇을 하러 왔는지 아무것도 묻지 않고, 문가에 서서 그저 한마디 인사를 했다.

"안녕히 가세요."

밖은 다시 잿빛 바다였다.

팡팡

어느 날 내 방에 들어가 보니 의자 위에 갓 태어난 아기 정도의 곰 인형이 얌전히 앉아 있었다. 친척 아이가 놀러 왔다가 잊고 간 모양이다.

곰은 초록색 스웨터를 입고 있었다. 여자아이의 동그란 칼라가 달려있는데 자세히 보니 아이 옷을 뒤에서 줄인 자국이 있다. 아이 엄마가 작아진 아이 옷을 곰에게 입혔나보다.

목 뒤쪽 상표에 '아기곰 팡팡'이라고 적혀 있다. 품에 안아보았다. 일반 인형보다 훨씬 가볍고 푹신한 것이 사랑스러웠다. 왠지 놓고 간 아이에게 바로 돌려주고 싶지가 않았다. 그래서 다시 찾으러 올 때까지 잠시 곁에 두기로 했다.

지금은 방에 들어올 때마다 언제나 의자에 팡팡이 앉아 있다. 지나가다 한 번씩 안아주기도 한다. 아이와 많이 놀았나보다, 코와 귀 언저리에 약간 때가 탔다.

벌써 한 달이나 지났는데 아이는 팡팡을 잊었는지 찾으러 오질 않는다. 덕분에 혼자 방에 있을 때도 작은 팡팡 덕에 친구가 곁에 있는 것처럼 마음이 온화해진다.

진짜 문화 이야기로 가득찬 보이지 않는 세계지도

타산지석 시리즈는 세계 여러 나라의 사람들과 문화를 이해하기 위한 보이지 않는 세계 지도. 눈으로는 볼 수 없는 진짜 문화 이야기를 들려주는 이 시리즈는 각나라마다 달리 나타나는 문화 현상과 사람들의 특성을 그들의 역사와 자연 환경, 주변국과의 관계 등등 다각도의 근거를 들어 흥미롭게 펼쳐낸다.

영국 바꾸지 않아도 행복한 나라
이식 · 전원경 지음 / 360면 / 컬러 / 13,900원

그리스 유재원 교수의 그리스, 그리스 신화
유재원 지음 / 292면 / 컬러 / 15,900원

중국 당당한 실리의 나라
손현주 지음 / 352면 / 컬러 / 13,900원

터키 신화와 성서의 무대, 이슬람이 숨쉬는 땅
이희철 지음 / 352면 / 컬러 / 15,900원

러시아 상상할 수 없었던 아름다움과 예술의 나라
이길주 · 한남수 · 한종만 공저 / 320면 / 컬러 / 14,500원

히타이트 점토판 속으로 사라졌던 인류의 역사
이희철 지음 / 244면 / 컬러 / 15,900원

이스탄불 세계사의 축소판, 인류 문명의 박물관
이희철 지음 / 224면 / 컬러 / 14,500원

독일 내면의 여백이 아름다운 나라
장미영 · 최명원 지음 / 256면 / 컬러 / 12,900원

이스라엘 평화가 사라져버린 5,000년 성서의 나라
김종철 지음 / 350면 / 컬러 / 15,900원

런던 숨어 있는 보석을 찾아서
전원경 지음 / 360면 / 컬러 / 15,900원

미국 명백한 운명인가, 독선과 착각인가
최승은 · 김정명 지음 / 348면 / 컬러 / 15,000원

단순하고 소박한 삶 아미쉬로부터 배운다
임세근 지음 / 316면 / 컬러 / 15,900원

이스라엘에는 예수가 없다 유대인의 힘은 어디서 비롯되는가
김종철 지음 / 224면 / 컬러/ 14,500원

유리벽 안에서 행복한 나라 싱가포르가 이룬 부와 교육의 비밀
이순미 지음 / 232면 / 컬러/ 13,900원

한호림의 진짜 캐나다 이야기 본질을 추구하니 행복할 수밖에
한호림 지음 / 352면 / 컬러/ 15,900원

타산지석 시리즈는 계속 발간됩니다.

나이의 힘 나이듦의 힘을 깨닫게 해주는 책들

나이의 힘 01
나는 이렇게 나이들고 싶다 소노 아야코의 계로록戒老錄
소노 아야코 지음 / 오경순 옮김 / 288면 / 12,000원
농익은 내면의 휴식기인 노년에 보다 가치 있는 삶과 행복을 영위하기 위해 중년부터 어떠한 마음가짐
과 준비를 해야 하는지 말해주는 책.

나이의 힘 02
행복하게 나이드는 비결 소노 아야코의 중년 이후中年以後
소노 아야코 지음 / 오경순 옮김 / 256면 / 12,000원
정체된 듯한 중년의 모습을 되돌아보게 하고,
마음 한구석에 중년 이후의 삶에 대한 기대를 품게 만드는 책.

나이의 힘 03
좋아하는 일을 하며 나이든다는 것
사이토 시게타 지음 / 신병철 옮김 / 188면 / 9,800원
인생은 보물찾기와 같다. 보물은 의외의 장소에 숨겨져 있는 경우가 많은데, 그것은 스스로 찾지 않으면
찾을 수 없다. 대수롭지 않은 실패 때문에 고민하거나 망설이지 말고 기분을 바꾸어 지금 바로 첫걸음을
내디뎌보라고 조언하는 책.

나이의 힘 04
큰글씨 나는 이렇게 나이들고 싶다 소노 아야코의 계로록戒老錄
소노 아야코 지음 / 오경순 옮김 / 312면 / 12,000원

2004년 출간 이후 이 책을 읽어왔던 독자들의 끊임없는 요구에 의한 큰글씨판. 노안으로 인해 이 책을 편안하게 읽기 어려웠던 독자들에게 내용과 디자인 모두를 충족시키는 실버 출판물이다.

나이의 힘 05
늙지 마라 나의 일상
미나미 가즈코 지음 / 김욱 옮김 / 248면 / 12,000원

건강한 노년을 위한 구체적인 적응법과 생활법을 전하는 책으로 육체적인 노화에 다른 변화를 어떻게 받아들이고 대처해나가야 하는지를 다룬다.

나이의 힘 06
당당하게 늙고 싶다
소노 아야코 지음 / 김욱 옮김 / 176면 / 12,000원

나이의 힘 시리즈는 계속 발간됩니다.

도토리창고의 좋은 육아책들

초등공부 불변의 법칙
송재환 지음 / 224면 / 12000원

초등공부를 지배하는 21가지 숨은 원리를 담은 책. 사립초등학교 교사가 13년 동안 아이들을 관찰하고 연구하고 적용 검증하여 정립한 우등생들만의 공부비법. 공부는 무조건 열심히 하는 것이 아니라, '어떻게' 열심히 하는지가 중요하다. 공부를 어떻게 시켜야 할지 몰라 갈팡질팡하는 부모들에게 실용적인 공부비법을 전수한다.

수학 100점 엄마가 만든다 개념원리편 7차교육과정에 따른 개정판
송재환 지음 / 252면 / 12000원

선생님이 말해주는 엄마표 수학 지도법.
학교에서도 학원에서도 제대로 가르쳐주지 않아 무조건 외워야 했던 수학 개념들을 명쾌하게 설명해준다. 아이에게는 공식 속에 숨어 있는 원리를 찾아가는 재미를, 엄마에게는 수학 지도의 부담감을 덜어주는 확실한 코칭 참고서이다. 중국·대만번역출간

수학 100점 엄마가 만든다

송재환 · 김충경 · 손정화 지음 / 320면 / 12000원

열심히 하는데도 성적이 오르지 않는다면 우리 아이가 수학 과식인지 결핍인지부터 살펴보자. 내 아이를 진단하고 딱 필요한 만큼만! 적절한 흡수! 이것이 초등학생에게 필요한 방법이고, 수학 자신감을 찾는 핵심이다. 이 책은 엄마들에게 아이의 상태를 파악하는 특권이자 의무를 게을리 하고 있지 않은지 되돌아볼 것을 강권한다. 중국·대만 번역출간

좋은 부모 되기 40일 프로젝트

송재환 지음 / 256면 / 12000원

이 책은 현직 교사가 제안하는 가정교육 지침서로 자녀 교육의 마지막 찬스인 초등시절에 꼭 해야 할 40가지 부모 훈련을 담고 있다. 학력 지상주의, 출세 지상주의가 고스란히 투영된 아이들을 매일매일 접하는 교사의 입장에서 써내려간 책으로 아이들의 솔직한 언행 속에 녹아난 우리 가정의 모습은 부모인 나를 반성하게 만든다. 문화체육관광부 우수교양도서 선정

베렌스타인 곰가족 시리즈

베렌스타인 부부가 자신의 아이들에게 들려주고 싶은 이야기를 만들자는 취지로 펴내기 시작한 책으로,
1962년에 첫 출간된 이래 지금은 30여 개 국에서 출판되어 전 세계 어린이들에게 알려진 시리즈가 되었다.
애니메이션으로도 제작되어 국내에서는 '우리는 곰돌이 가족' (EBS)이라는 제목으로 소개되어 더욱 친숙하다.

01 왕호박과 괴물의 대결 The Berenstain Bears and the Prize Pumpkin

02 내가 겁쟁이라고? The Berenstain Bears and the Double Dare

03 이사가면 친구들은 어쩌죠 The Berenstain Bears' Moving Day

04 난 이빨 절대 안 뺄 거야 The Berenstain Bears Visit The Dentist

05 꿀도둑을 찾아라 The Berenstain Bears and the Missing Honey

베렌스타인 곰가족 시리즈는 계속 발간됩니다.

옮긴이 **김훈아**

성신여자대학교와 동대학원 일어일문과를 졸업하고,
일본 센슈대학에서 일본현대문학으로 박사학위를 받았다.
지은 책으로 《재일 조선인 여성 문학론》(作品社, 일본)이 있고,
옮긴 책으로는 《일요일의 석간》《츠지 히토나리의 편지》
《비와 꿈 뒤에》《웃는 늑대》 등이 있다.
신경숙과 쓰시마 유코의 《산이 있는 집, 우물이 있는 집》과
공지영과 츠지 히토나리의 《사랑 후에 오는 것들》을 양국언어로 번역하였다.
쓰시마 유코의 《웃는 늑대》로 제1회 판우번역상 대상을 수상하였다.
현재 일본에 거주하며 한국 문학을 일본에 알리는 일에도 힘쓰고 있다.

마음으로 살아요 행복이 옵니다

1판 1쇄 인쇄 2011년 8월 25일
1판 1쇄 발행 2011년 8월 29일

지은이 오오하시 시즈코
옮긴이 김훈아
펴낸이 김현정
펴낸곳 도서출판리수

기획 김현주
교정 최귀열
편집 홍미숙

등록 제4-389호(2000년 1월 13일)
주소 서울시 성동구 행당2동 328-1 한진노변상가 110호
전화 2299-3703
팩스 2282-3152
홈페이지 www.risu.co.kr
이메일 risubook@hanmail.net

옮긴이 **김훈아**

성신여자대학교와 동대학원 일어일문과를 졸업하고,
일본 센슈대학에서 일본현대문학으로 박사학위를 받았다.
지은 책으로《재일 조선인 여성 문학론》(作品社, 일본)이 있고,
옮긴 책으로는《일요일의 석간》《츠지 히토나리의 편지》
《비와 꿈 뒤에》《웃는 늑대》등이 있다.
신경숙과 쓰시마 유코의《산이 있는 집, 우물이 있는 집》과
공지영과 츠지 히토나리의《사랑 후에 오는 것들》을 양국언어로 번역하였다.
쓰시마 유코의《웃는 늑대》로 제1회 판우번역상 대상을 수상하였다.
현재 일본에 거주하며 한국 문학을 일본에 알리는 일에도 힘쓰고 있다.

마음으로 살아요 행복이 옵니다

1판 1쇄 인쇄 2011년 8월 25일
1판 1쇄 발행 2011년 8월 29일

지은이 오오하시 시즈코
옮긴이 김훈아
펴낸이 김현정
펴낸곳 도서출판리수

기획 김현주
교정 최귀열
편집 홍미숙

등록 제4-389호(2000년 1월 13일)
주소 서울시 성동구 행당2동 328-1 한진노변상가 110호
전화 2299-3703
팩스 2282-3152
홈페이지 www.risu.co.kr
이메일 risubook@hanmail.net

ⓒ 2011, 도서출판리수
ISBN 978-89-90449-82-5 03830

※책값은 뒤표지에 있습니다.
※잘못 제본된 책은 바꾸어 드립니다.

수학 100점 엄마가 만든다

송재환 · 김충경 · 손정화 지음 / 320면 / 12000원

열심히 하는데도 성적이 오르지 않는다면 우리 아이가 수학 과식인지 결핍인지부터 살펴보자. 내 아이를 진단하고 딱 필요한 만큼만! 적절한 흡수! 이것이 초등학생에게 필요한 방법이고, 수학 자신감을 찾는 핵심이다. 이 책은 엄마들에게 아이의 상태를 파악하는 특권이자 의무를 게을리 하고 있지 않은지 되돌아볼 것을 강권한다. 중국 · 대만 번역출간

좋은 부모 되기 40일 프로젝트

송재환 지음 / 256면 / 12000원

이 책은 현직 교사가 제안하는 가정교육 지침서로 자녀 교육의 마지막 찬스인 초등시절에 꼭 해야 할 40가지 부모 훈련을 담고 있다. 학력 지상주의, 출세 지상주의가 고스란히 투영된 아이들을 매일매일 접하는 교사의 입장에서 써내려간 책으로 아이들의 솔직한 언행 속에 녹아난 우리 가정의 모습은 부모인 나를 반성하게 만든다. 문화체육관광부 우수교양도서 선정

베렌스타인 곰가족 시리즈

베렌스타인 부부가 자신의 아이들에게 들려주고 싶은 이야기를 만들자는 취지로 펴내기 시작한 책으로, 1962년에 첫 출간된 이래 지금은 30여 개 국에서 출판되어 전 세계 어린이들에게 알려진 시리즈가 되었다. 애니메이션으로도 제작되어 국내에서는 '우리는 곰돌이 가족' (EBS)이라는 제목으로 소개되어 더욱 친숙하다.

01 왕호박과 괴물의 대결 The Berenstain Bears and the Prize Pumpkin

02 내가 겁쟁이라고? The Berenstain Bears and the Double Dare

03 이사가면 친구들은 어쩌죠 The Berenstain Bears' Moving Day

04 난 이빨 절대 안 뺄 거야 The Berenstain Bears Visit The Dentist

05 꿀도둑을 찾아라 The Berenstain Bears and the Missing Honey

베렌스타인 곰가족 시리즈는 계속 발간됩니다.